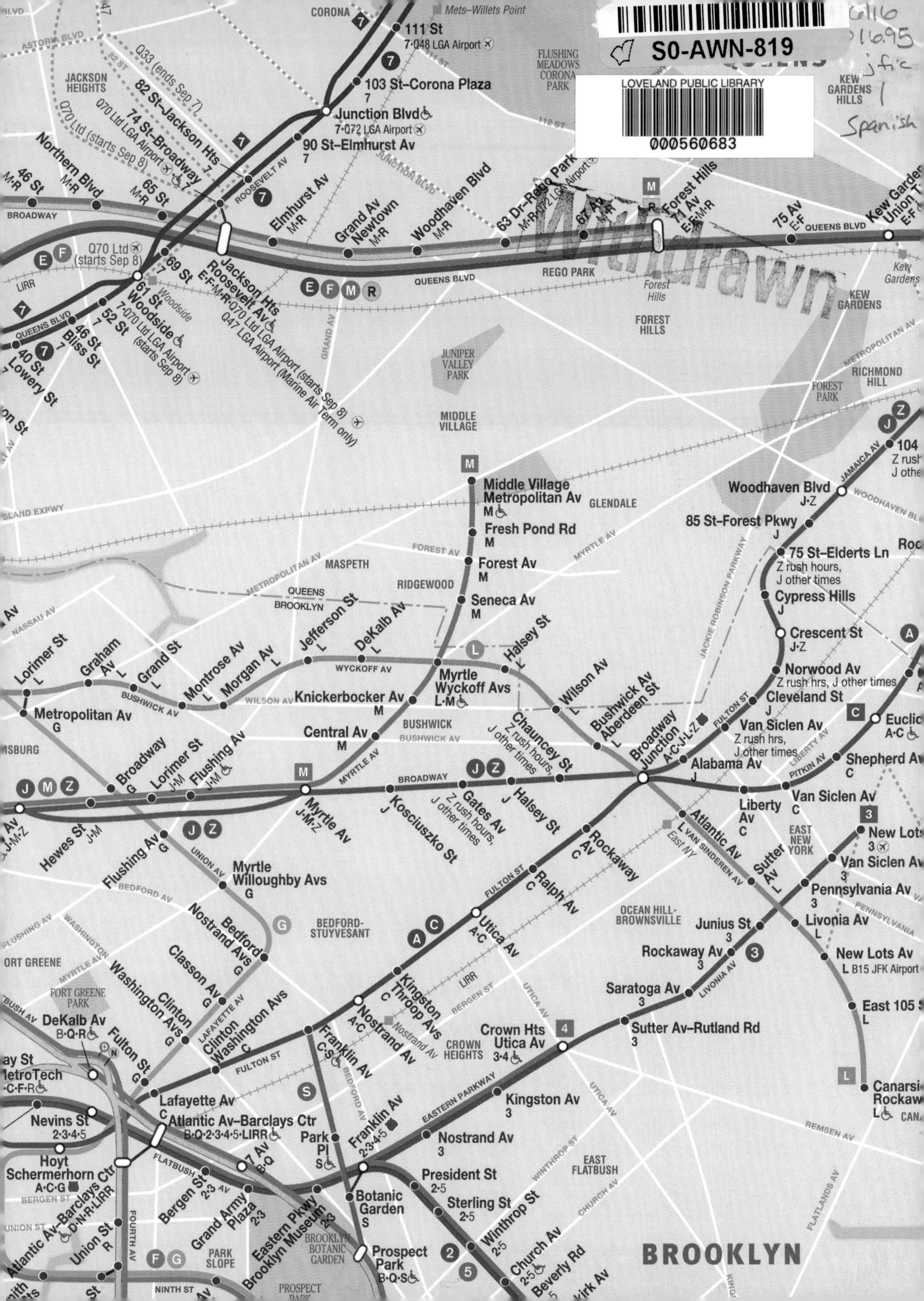
CORONA
Mets–Willets Point
111 St
7·Q48 LGA Airport
FLUSHING MEADOWS CORONA PARK
103 St–Corona Plaza
7
Junction Blvd
7·Q72 LGA Airport
90 St–Elmhurst Av
7
JACKSON HEIGHTS
ASTORIA BLVD
Q33 (ends Sep 7)
82 St–Jackson Hts
7
74 St–Broadway
Q70 Ltd LGA Airport
Q70 Ltd (starts Sep 8)
Northern Blvd
M·R
46 St
M·R
65 St
M·R
ROOSEVELT AV
Elmhurst Av
M·R
Grand Av Newtown
M·R
Woodhaven Blvd
M·R
63 Dr–Rego Park
M·R·Q72 LGA Airport
67 Av
M·R
Forest Hills 71 Av
E·F·M·R
75 Av
E·F
Kew Gardens Union Tpke
E·F
QUEENS BLVD
KEW GARDENS HILLS
112 ST
JUNCTION BLVD
BROADWAY
Q70 Ltd
(starts Sep 8)
69 St
7
Jackson Hts Roosevelt Av
E·F·M·R·Q70 Ltd LGA Airport
Q47 LGA Airport (Marine Air Term only)
Q70 Ltd LGA Airport (starts Sep 8)
61 St Woodside
7·Q70 Ltd LGA Airport
(starts Sep 8)
Woodside
52 St
7
46 St Bliss St
7
40 St Lowery St
LIRR
QUEENS BLVD
REGO PARK
Forest Hills
Kew Gardens
KEW GARDENS
FOREST HILLS
GRAND AV
JUNIPER VALLEY PARK
MIDDLE VILLAGE
METROPOLITAN AV
FOREST PARK
RICHMOND HILL
JAMAICA AV
104 St
Z rush
J other
Woodhaven Blvd
J·Z
WOODHAVEN BLVD
85 St–Forest Pkwy
J
75 St–Elderts Ln
Z rush hours,
J other times
Cypress Hills
J
Crescent St
J·Z
Norwood Av
Z rush hrs, J other times
Cleveland St
J
Van Siclen Av
Z rush hrs,
J other times
Alabama Av
J
Broadway Junction
A·C·J·L·Z
Middle Village Metropolitan Av
M
Fresh Pond Rd
M
Forest Av
M
Seneca Av
M
GLENDALE
FOREST AV
MYRTLE AV
MASPETH
RIDGEWOOD
QUEENS
BROOKLYN
JACKIE ROBINSON PARKWAY
ISLAND EXPWY
NASSAU AV
Lorimer St
L
Graham Av
L
Grand St
L
Montrose Av
L
Morgan Av
L
Jefferson St
L
DeKalb Av
L
Halsey St
L
Myrtle Wyckoff Avs
L·M
Wilson Av
L
Bushwick Av Aberdeen St
L
Knickerbocker Av
M
Central Av
M
WYCKOFF AV
WILSON AV
BUSHWICK AV
BUSHWICK
Metropolitan Av
G
Broadway
G
Lorimer St
J·M
Flushing Av
J·M
Myrtle Av
J·M·Z
Kosciuszko St
J
Gates Av
Z rush hours,
J other times
Halsey St
J
Chauncey St
Z rush hours,
J other times
BROADWAY
Hewes St
J·M
Flushing Av
G
Myrtle Willoughby Avs
G
Bedford Nostrand Avs
G
Classon Av
G
Clinton Washington Avs
G
Clinton Washington Avs
C
UNION AV
BEDFORD AV
BEDFORD-STUYVESANT
FORT GREENE
FORT GREENE PARK
DeKalb Av
B·Q·R
MetroTech
Fulton St
G
Lafayette Av
C
Nevins St
2·3·4·5
Atlantic Av–Barclays Ctr
B·Q·2·3·4·5·LIRR
Hoyt Schermerhorn
A·C·G
Atlantic Av–Barclays Ctr
D·N·R·LIRR
Union St
R
Bergen St
2·3
7 Av
B·Q
Grand Army Plaza
2·3
Eastern Pkwy Brooklyn Museum
2·3
PARK SLOPE
BROOKLYN BOTANIC GARDEN
PROSPECT PARK
Prospect Park
B·Q·S
Botanic Garden
S
Park Pl
S
Franklin Av
C·S
Franklin Av
2·3·4·5
Nostrand Av
A·C
Kingston Throop Avs
C
Utica Av
A·C
Ralph Av
C
Rockaway Av
C
Liberty Av
C
Van Siclen Av
C
Shepherd Av
C
Euclid Av
A·C
Atlantic Av
L
East NY
Sutter Av
L
Livonia Av
L
New Lots Av
L B15 JFK Airport
East 105 St
L
Canarsie Rockaway Pkwy
L
EAST NEW YORK
OCEAN HILL-BROWNSVILLE
Junius St
3
Rockaway Av
3
Saratoga Av
3
Pennsylvania Av
3
Van Siclen Av
3
New Lots Av
3
Sutter Av–Rutland Rd
3
Crown Hts Utica Av
3·4
CROWN HEIGHTS
Kingston Av
3
Nostrand Av
3
President St
2·5
Sterling St
2·5
Winthrop St
2·5
Church Av
2·5
Beverly Rd
EAST FLATBUSH
FULTON ST
EASTERN PARKWAY
LIVONIA AV
BERGEN ST
UTICA AV
REMSEN AV
WINTHROP ST
CHURCH AV
FLATLANDS AV
FLATBUSH AV
FOURTH AV
NINTH ST
LIBERTY AV
PITKIN AV
VAN SINDEREN AV
PENNSYLVANIA AV
BROOKLYN

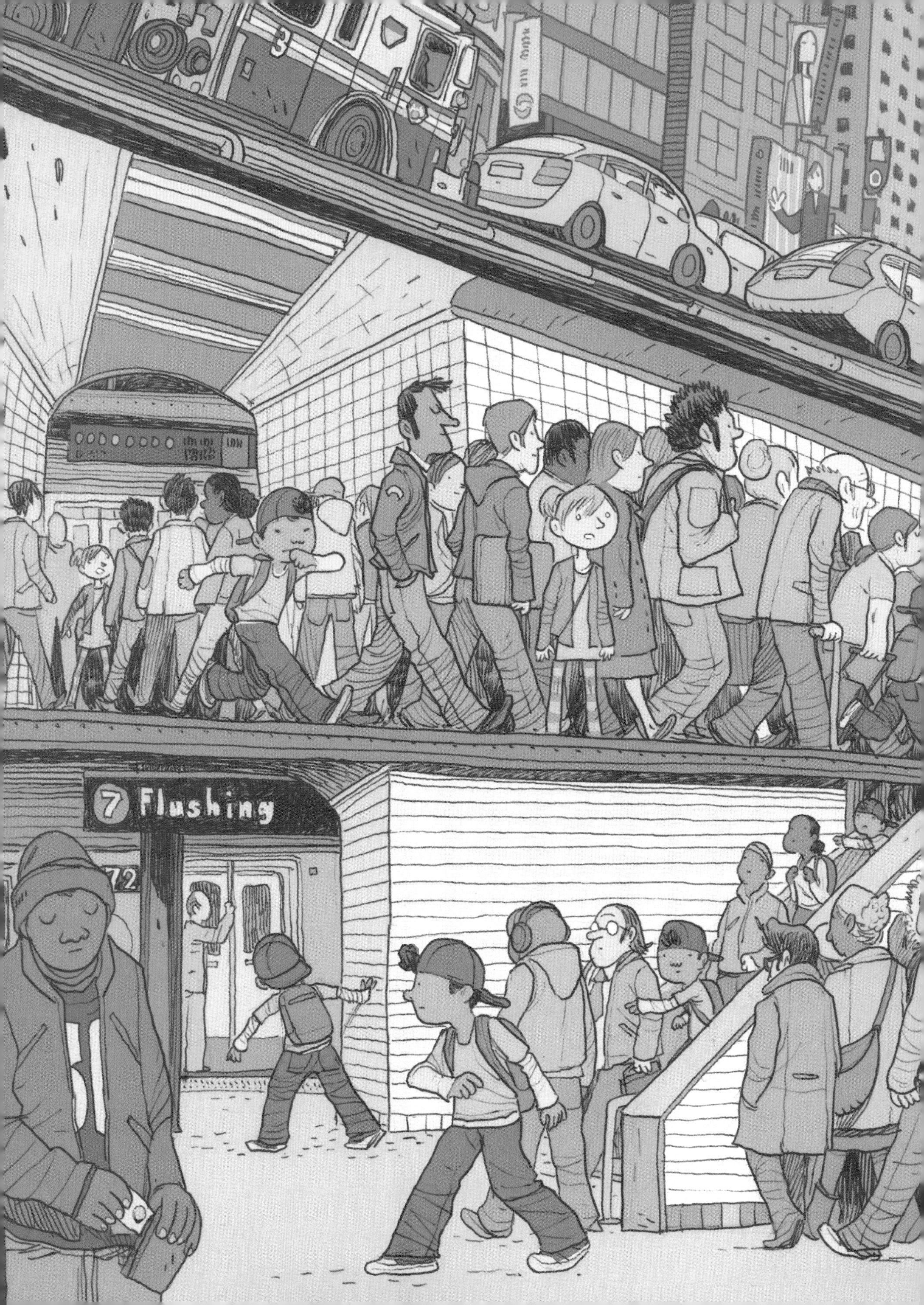
7 Flushing

Perdidos en

N Y C

UNA AVENTURA EN EL METRO

A TOON GRAPHIC

NADJA SPIEGELMAN & SERGIO GARCÍA SÁNCHEZ

A mi padre, cuyas respuestas a mis preguntas, callaban a todo el vagón del metro para oirlas.
–Nadja

A todos aquellos que viven sin miedo a perderse. Y a nuestros hijos,
los verdaderos Pablo y Alicia que pronto encontrarán su camino.

–Sergio & Lola

Directora editorial & Diseño del libro: FRANÇOISE MOULY

Editor de producción: SASHA STEINBERG

Color & Traducción: LOLA MORAL

Consultoras de la edición en español: F. ISABEL CAMPOY & ALMA FLOR ADA

El arte final de SERGIO GARCÍA SÁNCHEZ'S se realizó con lápiz naranja y bolígrafo,
después Lola Moral aplicó color digital.

UNA SELECCIÓN DEL JUNIOR LIBRARY

Un libro de TOON Graphic™ © 2015 Nadja Spiegelman, Sergio García Sánchez, & TOON Books, un sello editorial de RAW Junior, LLC, 27 Greene Street, New York, NY 10013. Mapa del Metro © Autoridad Metropolitana de Transporte. Queremos agradecer a Arlene Scalan de Moxie & Co. su ayuda para conseguir una licencia oficial de la MTA para el uso de sus imágenes, símbolos e icónos. Ninguna parte de este libro prodrá ser usada ni reproducida en cualquier formato sin permiso, escrito excepto en el caso de citas breves, en artículos críticos o reseñas. TOON Graphics™, TOON Books®, LITTLE LIT® and TOON Into Reading!™ son marcas registradas de RAW Junior, LLC. Todos los derechos reservados. Todos nuestros libros están encuadernados por Smyth Sewn (la mejor en su categoría) y se imprimen con tintas de base de soja en papel libre de ácido, obtenido de cultivos de madera responsables con el medio ambiente. Impreso en Shenzhen, China por Imago. También está disponible en ingles: *Lost in NYC: A Subway Adventure* (ISBN: 978-1-935179-81-8). Distribuido por Consortium Book Sales and Distribution, Inc.; pedidos (800) 283-3572; orderentry@perseusbooks.com; www.cbsd.com.

Los datos de esta publicación se encuentran disponibles bajo pedido en el catálogo de la Librería del Congreso (LCC).

ISBN: 978-1-935179-85-6 (hardcover Spanish edition)
15 16 17 18 19 20 IMG 10 9 8 7 6 5 4 3 2 1
WWW.TOON-BOOKS.COM

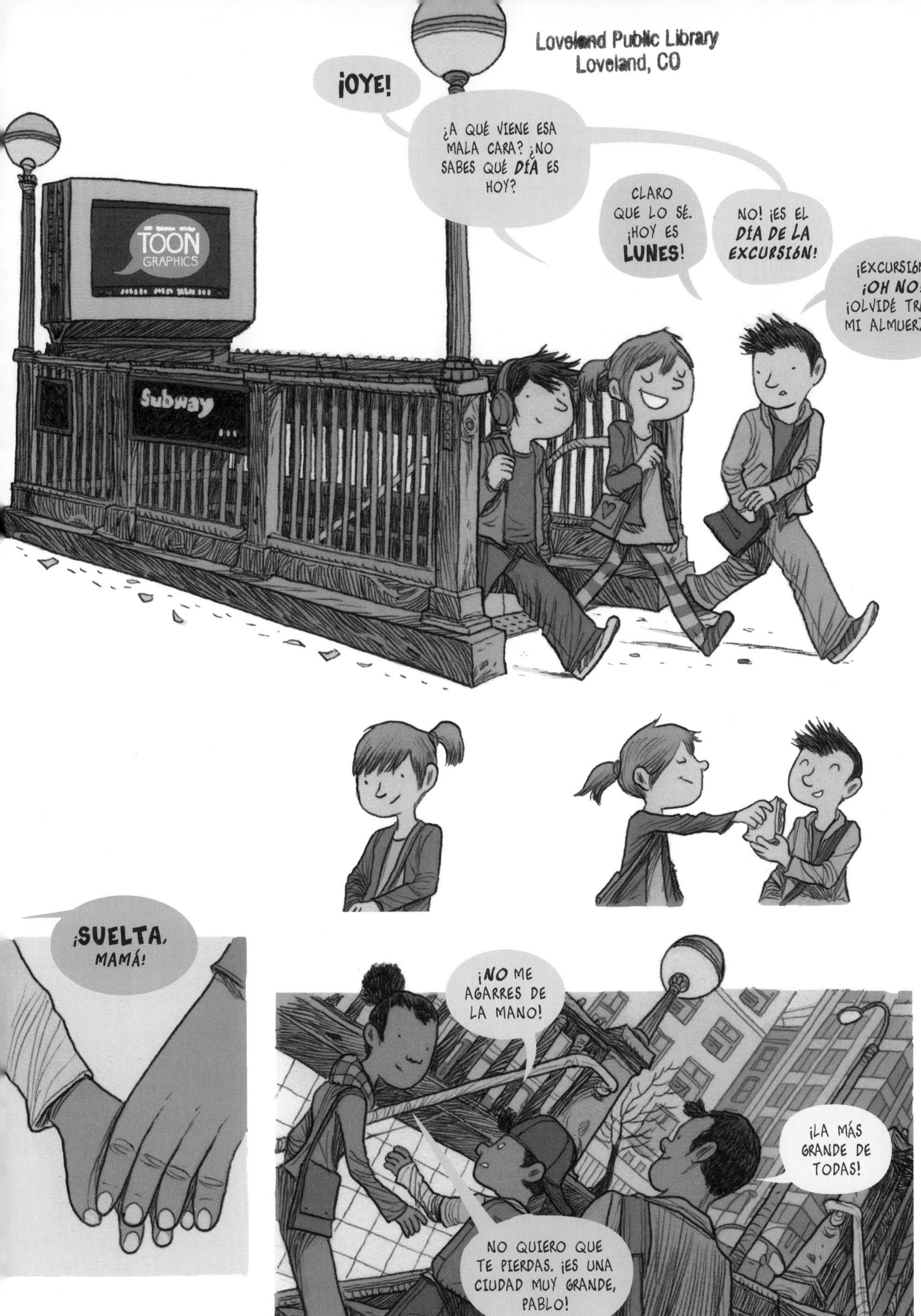
¡OYE!
¿A QUÉ VIENE ESA MALA CARA? ¿NO SABES QUÉ DÍA ES HOY?
TOON GRAPHICS
Subway
CLARO QUE LO SÉ. ¡HOY ES LUNES!
NO! ¡ES EL DÍA DE LA EXCURSIÓN!
¡EXCURSIÓN! ¡OH NO! ¡OLVIDÉ TRAER MI ALMUERZO!
¡SUELTA, MAMÁ!
¡NO ME AGARRES DE LA MANO!
NO QUIERO QUE TE PIERDAS. ¡ES UNA CIUDAD MUY GRANDE, PABLO!
¡LA MÁS GRANDE DE TODAS!

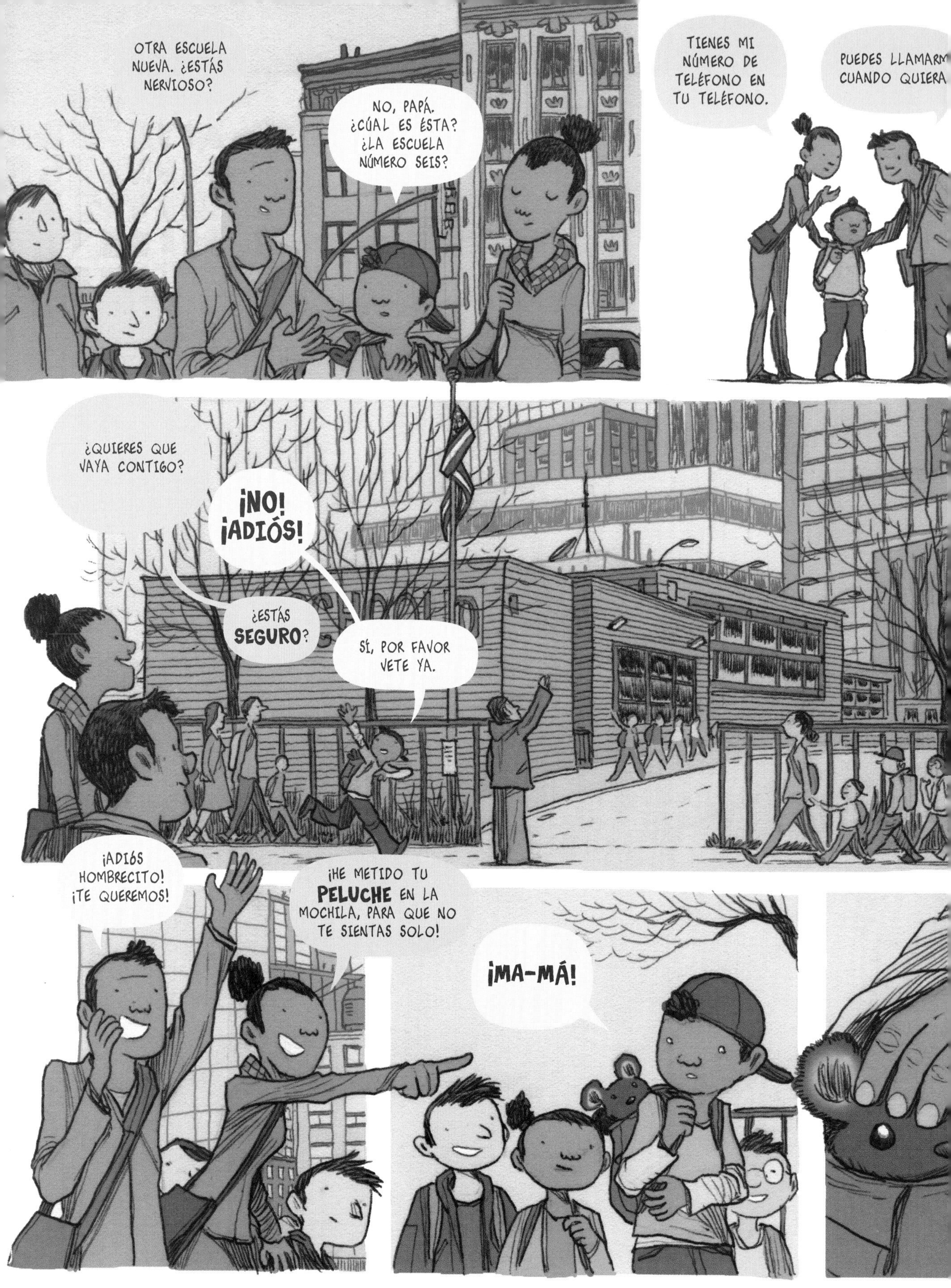
OTRA ESCUELA NUEVA. ¿ESTÁS NERVIOSO?
NO, PAPÁ. ¿CÚAL ES ÉSTA? ¿LA ESCUELA NÚMERO SEIS?
TIENES MI NÚMERO DE TELÉFONO EN TU TELÉFONO.
PUEDES LLAMARM CUANDO QUIERA
¿QUIERES QUE VAYA CONTIGO?
¡NO! ¡ADIÓS!
¿ESTÁS SEGURO?
SÍ, POR FAVOR VETE YA.
¡ADIÓS HOMBRECITO! ¡TE QUEREMOS!
¡HE METIDO TU PELUCHE EN LA MOCHILA, PARA QUE NO TE SIENTAS SOLO!
¡MA-MÁ!

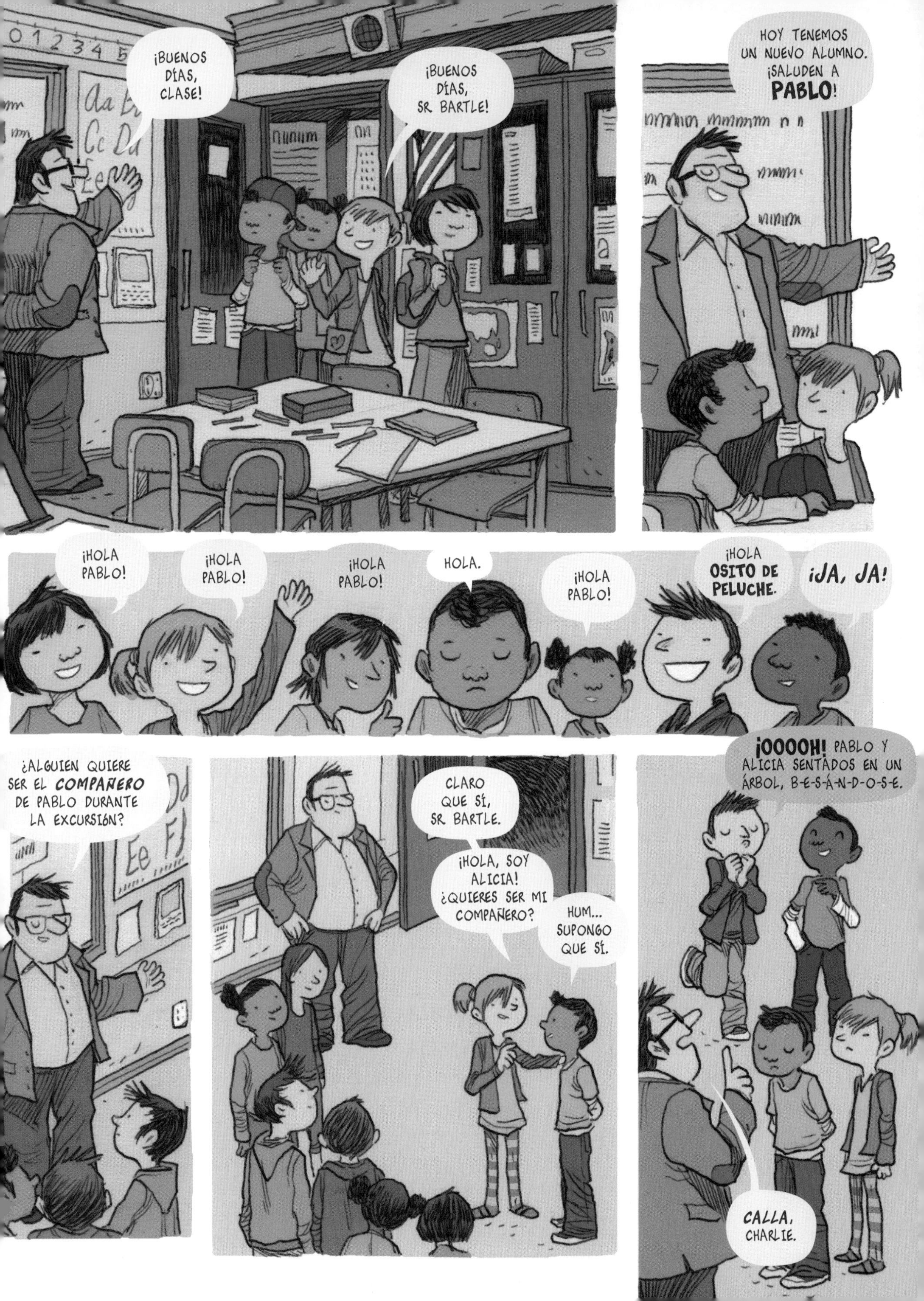
¡BUENOS DÍAS, CLASE!
¡BUENOS DÍAS, SR. BARTLE!
HOY TENEMOS UN NUEVO ALUMNO. ¡SALUDEN A PABLO!
¡HOLA PABLO!
¡HOLA PABLO!
¡HOLA PABLO!
HOLA.
¡HOLA PABLO!
¡HOLA OSITO DE PELUCHE.
¡JA, JA!
¿ALGUIEN QUIERE SER EL COMPAÑERO DE PABLO DURANTE LA EXCURSIÓN?
CLARO QUE SÍ, SR. BARTLE.
¡HOLA, SOY ALICIA! ¿QUIERES SER MI COMPAÑERO?
HUM... SUPONGO QUE SÍ.
¡OOOOH! PABLO Y ALICIA SENTADOS EN UN ÁRBOL, B-E-S-Á-N-D-O-S-E.
CALLA, CHARLIE.

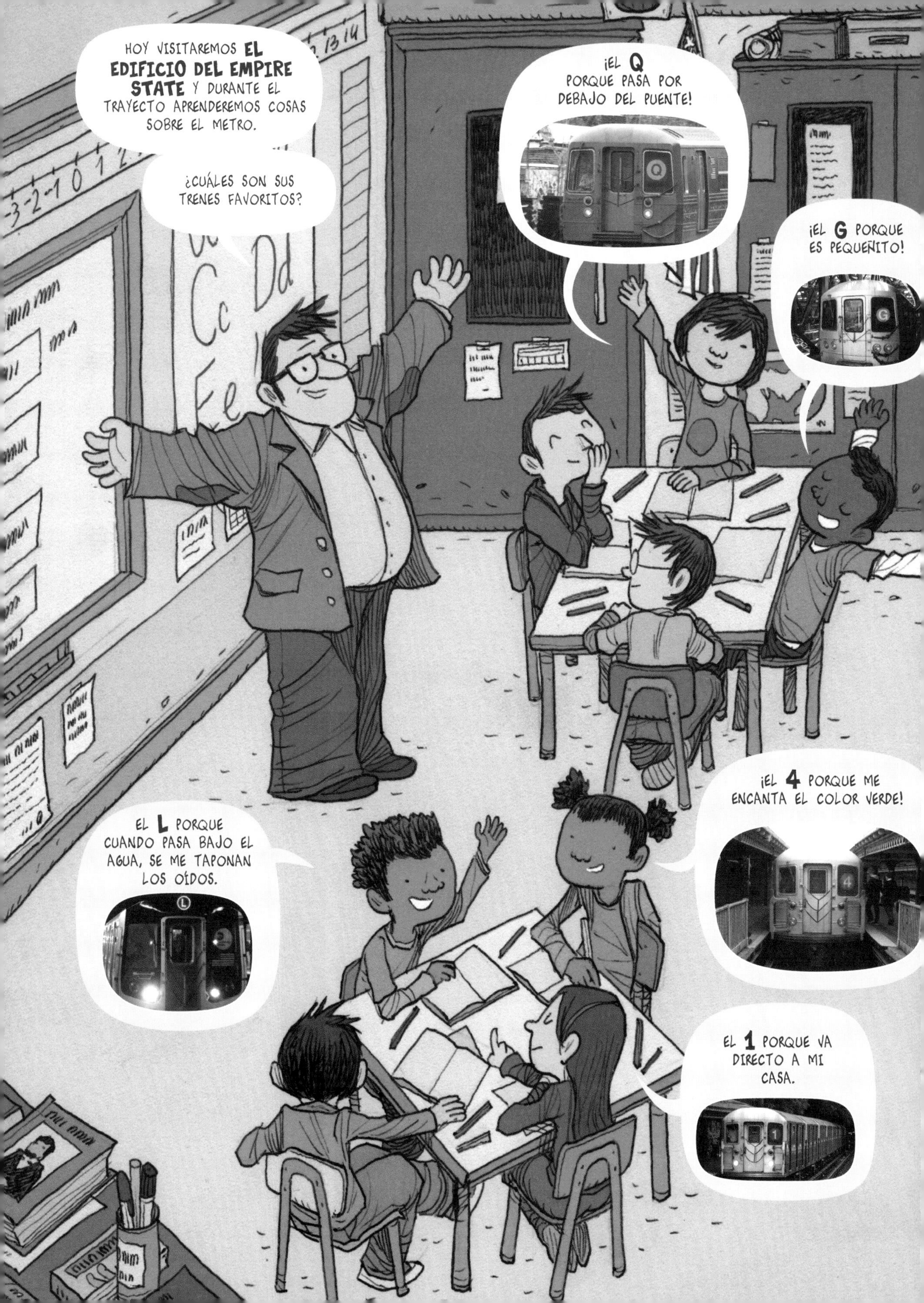

HOY VISITAREMOS **EL EDIFICIO DEL EMPIRE STATE** Y DURANTE EL TRAYECTO APRENDEREMOS COSAS SOBRE EL METRO.
¿CUÁLES SON SUS TRENES FAVORITOS?
¡EL **Q** PORQUE PASA POR DEBAJO DEL PUENTE!
¡EL **G** PORQUE ES PEQUEÑITO!
¡EL **4** PORQUE ME ENCANTA EL COLOR VERDE!
EL **L** PORQUE CUANDO PASA BAJO EL AGUA, SE ME TAPONAN LOS OÍDOS.
EL **1** PORQUE VA DIRECTO A MI CASA.

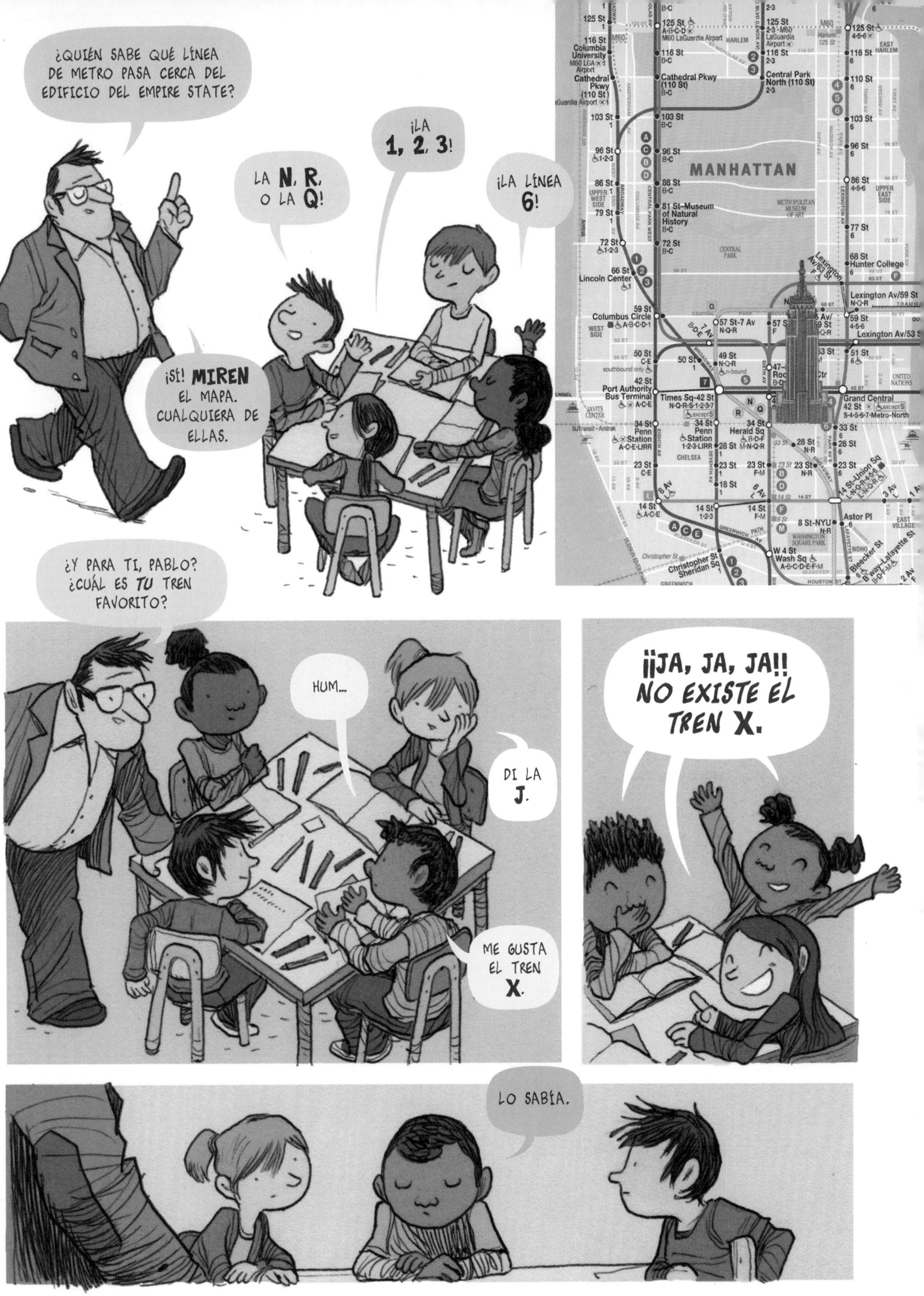
¿QUIÉN SABE QUÉ LÍNEA DE METRO PASA CERCA DEL EDIFICIO DEL EMPIRE STATE?
LA N, R, O LA Q!
¡LA 1, 2, 3!
¡LA LÍNEA 6!
¡SÍ! MIREN EL MAPA. CUALQUIERA DE ELLAS.
MANHATTAN
¿Y PARA TI, PABLO? ¿CUÁL ES TU TREN FAVORITO?
HUM...
DI LA J.
ME GUSTA EL TREN X.
¡¡JA, JA, JA!! NO EXISTE EL TREN X.
LO SABÍA.

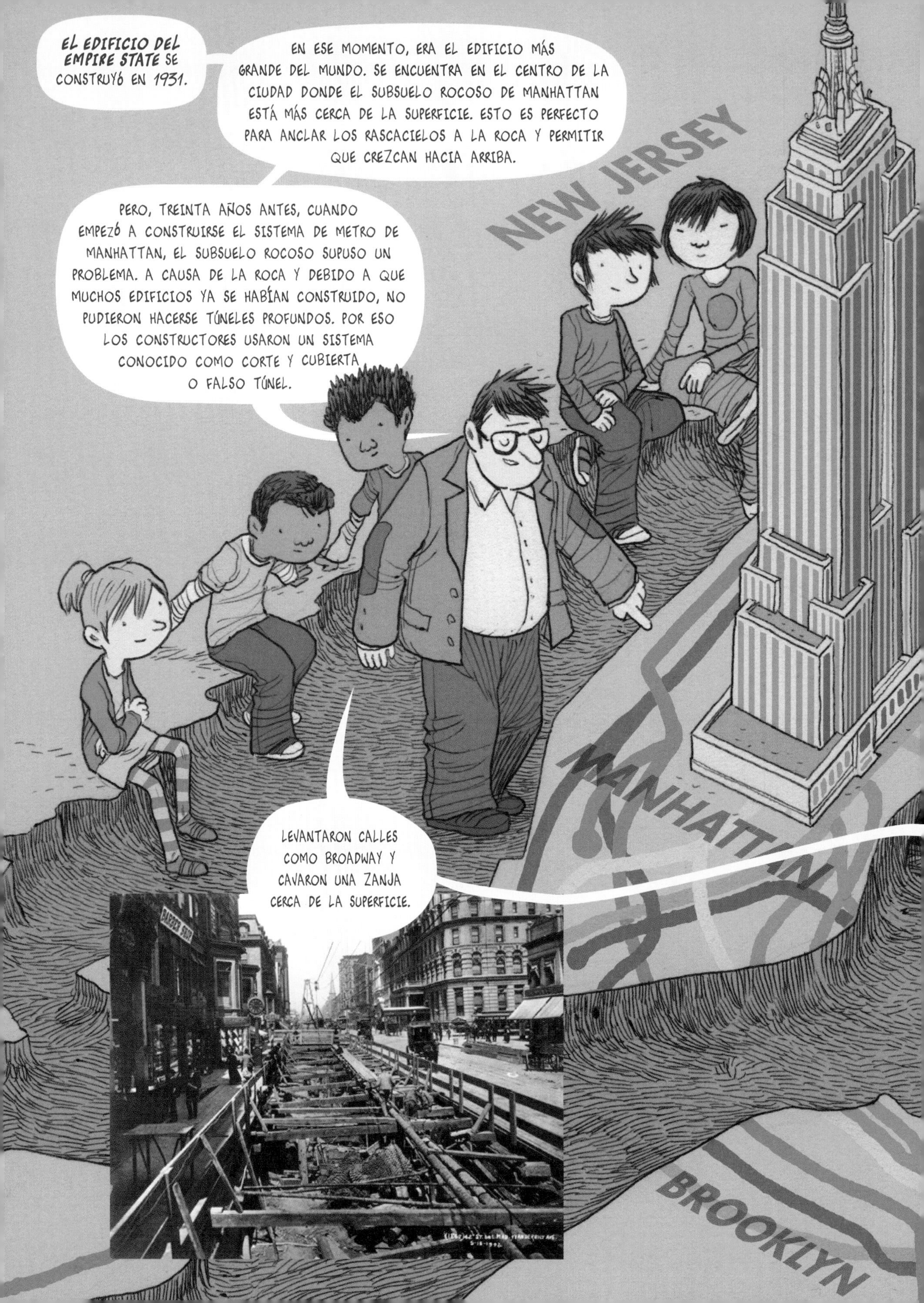
EL EDIFICIO DEL EMPIRE STATE SE CONSTRUYÓ EN 1931.
EN ESE MOMENTO, ERA EL EDIFICIO MÁS GRANDE DEL MUNDO. SE ENCUENTRA EN EL CENTRO DE LA CIUDAD DONDE EL SUBSUELO ROCOSO DE MANHATTAN ESTÁ MÁS CERCA DE LA SUPERFICIE. ESTO ES PERFECTO PARA ANCLAR LOS RASCACIELOS A LA ROCA Y PERMITIR QUE CREZCAN HACIA ARRIBA.
PERO, TREINTA AÑOS ANTES, CUANDO EMPEZÓ A CONSTRUIRSE EL SISTEMA DE METRO DE MANHATTAN, EL SUBSUELO ROCOSO SUPUSO UN PROBLEMA. A CAUSA DE LA ROCA Y DEBIDO A QUE MUCHOS EDIFICIOS YA SE HABÍAN CONSTRUIDO, NO PUDIERON HACERSE TÚNELES PROFUNDOS. POR ESO LOS CONSTRUCTORES USARON UN SISTEMA CONOCIDO COMO CORTE Y CUBIERTA O FALSO TÚNEL.
NEW JERSEY
LEVANTARON CALLES COMO BROADWAY Y CAVARON UNA ZANJA CERCA DE LA SUPERFICIE.
MANHATTAN
BROOKLYN

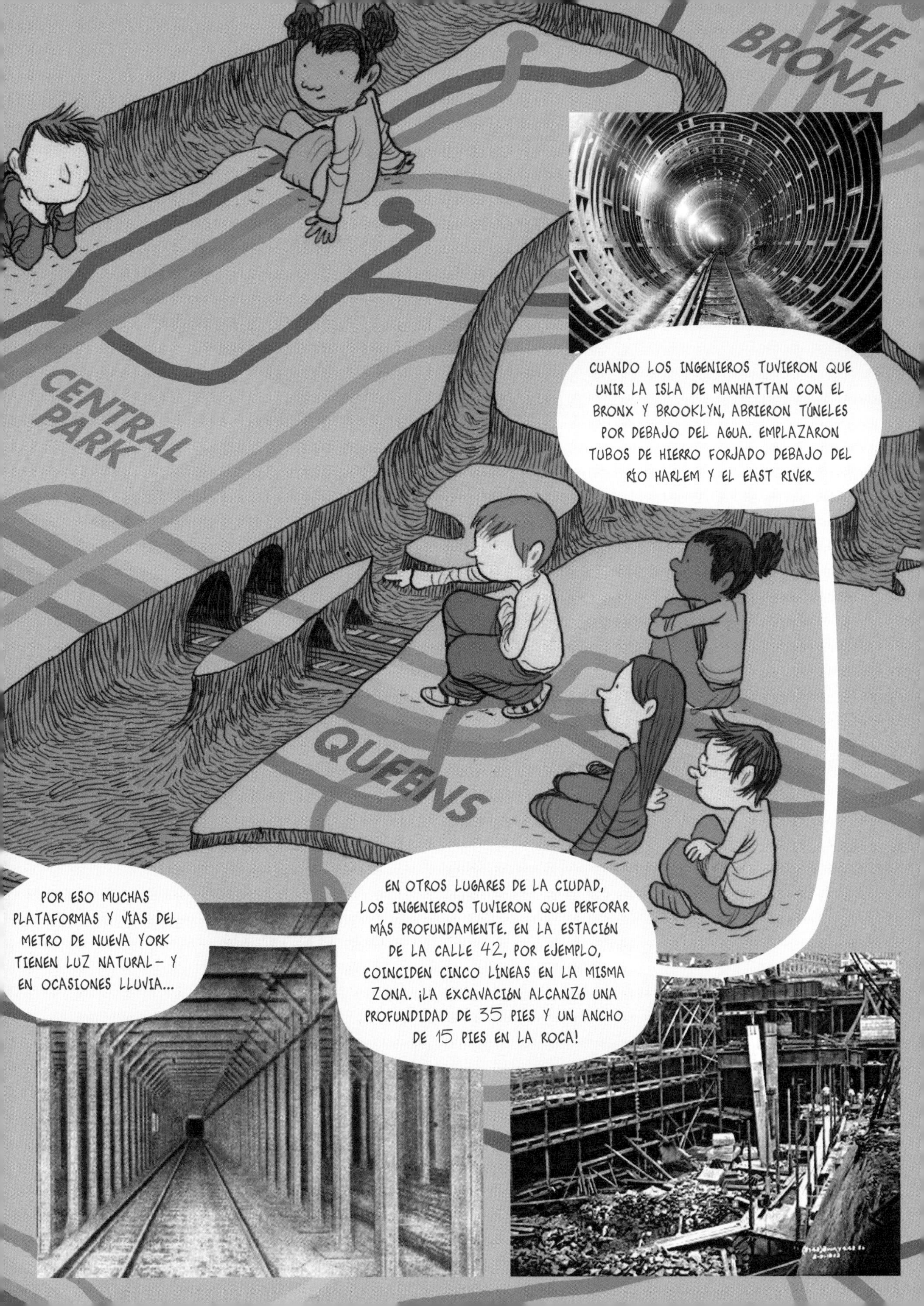
THE BRONX
CENTRAL PARK
QUEENS
CUANDO LOS INGENIEROS TUVIERON QUE UNIR LA ISLA DE MANHATTAN CON EL BRONX Y BROOKLYN, ABRIERON TÚNELES POR DEBAJO DEL AGUA. EMPLAZARON TUBOS DE HIERRO FORJADO DEBAJO DEL RÍO HARLEM Y EL EAST RIVER
POR ESO MUCHAS PLATAFORMAS Y VÍAS DEL METRO DE NUEVA YORK TIENEN LUZ NATURAL– Y EN OCASIONES LLUVIA...
EN OTROS LUGARES DE LA CIUDAD, LOS INGENIEROS TUVIERON QUE PERFORAR MÁS PROFUNDAMENTE. EN LA ESTACIÓN DE LA CALLE 42, POR EJEMPLO, COINCIDEN CINCO LÍNEAS EN LA MISMA ZONA. ¡LA EXCAVACIÓN ALCANZÓ UNA PROFUNDIDAD DE 35 PIES Y UN ANCHO DE 15 PIES EN LA ROCA!

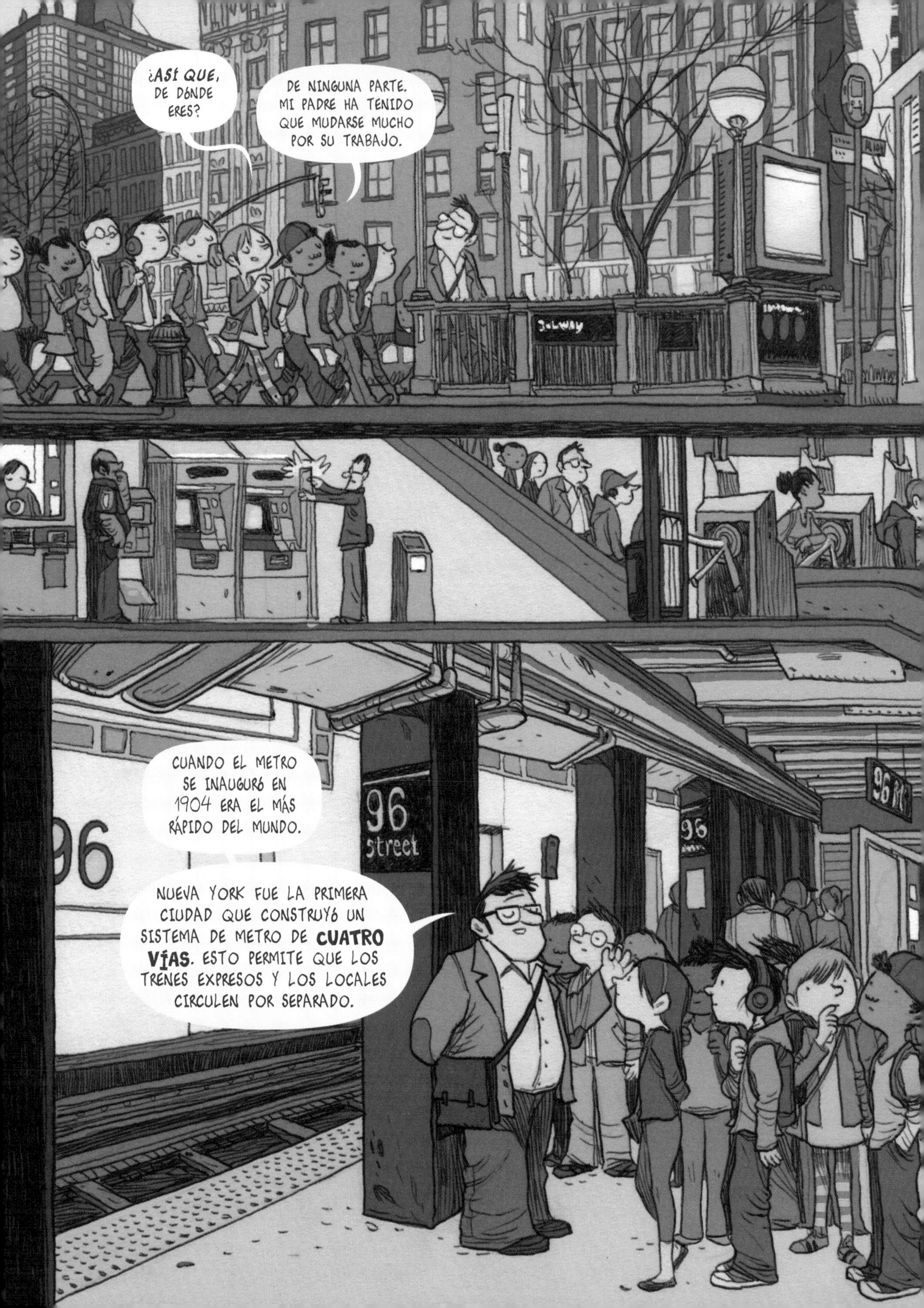
¿ASÍ QUE, DE DÓNDE ERES?
DE NINGUNA PARTE. MI PADRE HA TENIDO QUE MUDARSE MUCHO POR SU TRABAJO.
CUANDO EL METRO SE INAUGURÓ EN 1904 ERA EL MÁS RÁPIDO DEL MUNDO.
NUEVA YORK FUE LA PRIMERA CIUDAD QUE CONSTRUYÓ UN SISTEMA DE METRO DE **CUATRO VÍAS**. ESTO PERMITE QUE LOS TRENES EXPRESOS Y LOS LOCALES CIRCULEN POR SEPARADO.
96 street
96

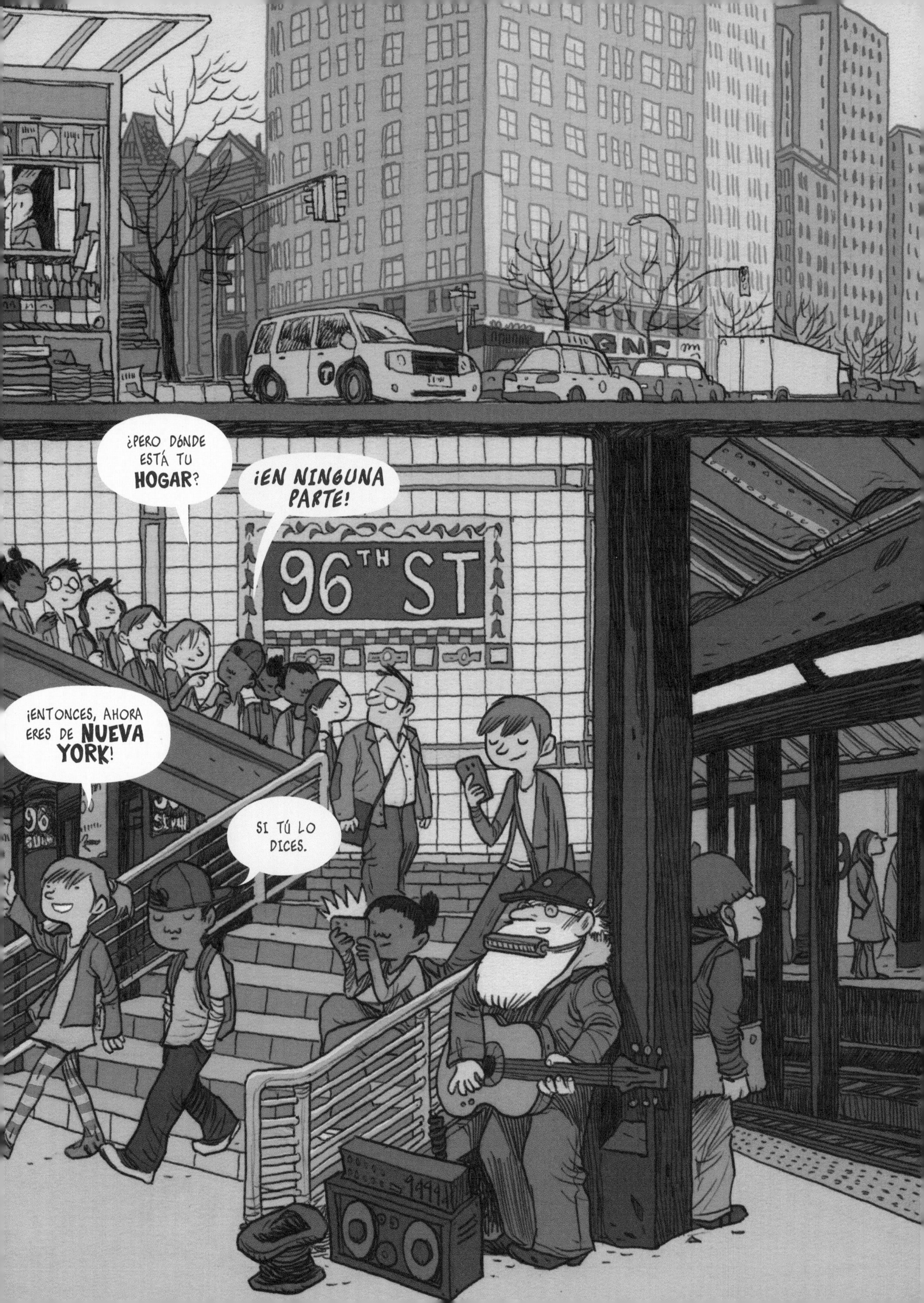
¿PERO DÓNDE ESTÁ TU HOGAR?
¡EN NINGUNA PARTE!
96TH ST
¡ENTONCES, AHORA ERES DE NUEVA YORK!
SI TÚ LO DICES.

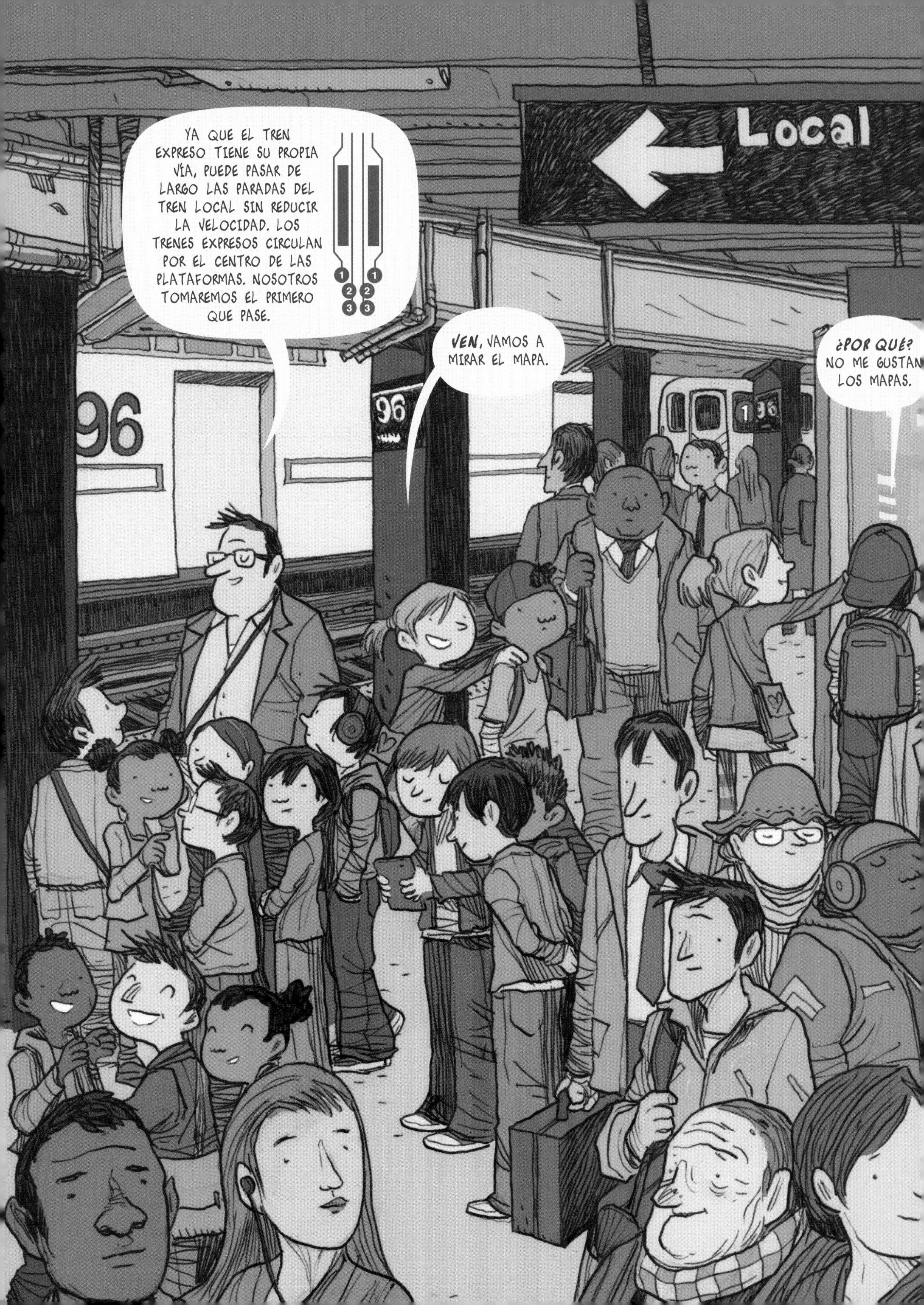
Local
YA QUE EL TREN EXPRESO TIENE SU PROPIA VÍA, PUEDE PASAR DE LARGO LAS PARADAS DEL TREN LOCAL SIN REDUCIR LA VELOCIDAD. LOS TRENES EXPRESOS CIRCULAN POR EL CENTRO DE LAS PLATAFORMAS. NOSOTROS TOMAREMOS EL PRIMERO QUE PASE.
1 1 2 2 3 3
96
96
1 96
VEN, VAMOS A MIRAR EL MAPA.
¿POR QUÉ? NO ME GUSTAN LOS MAPAS.

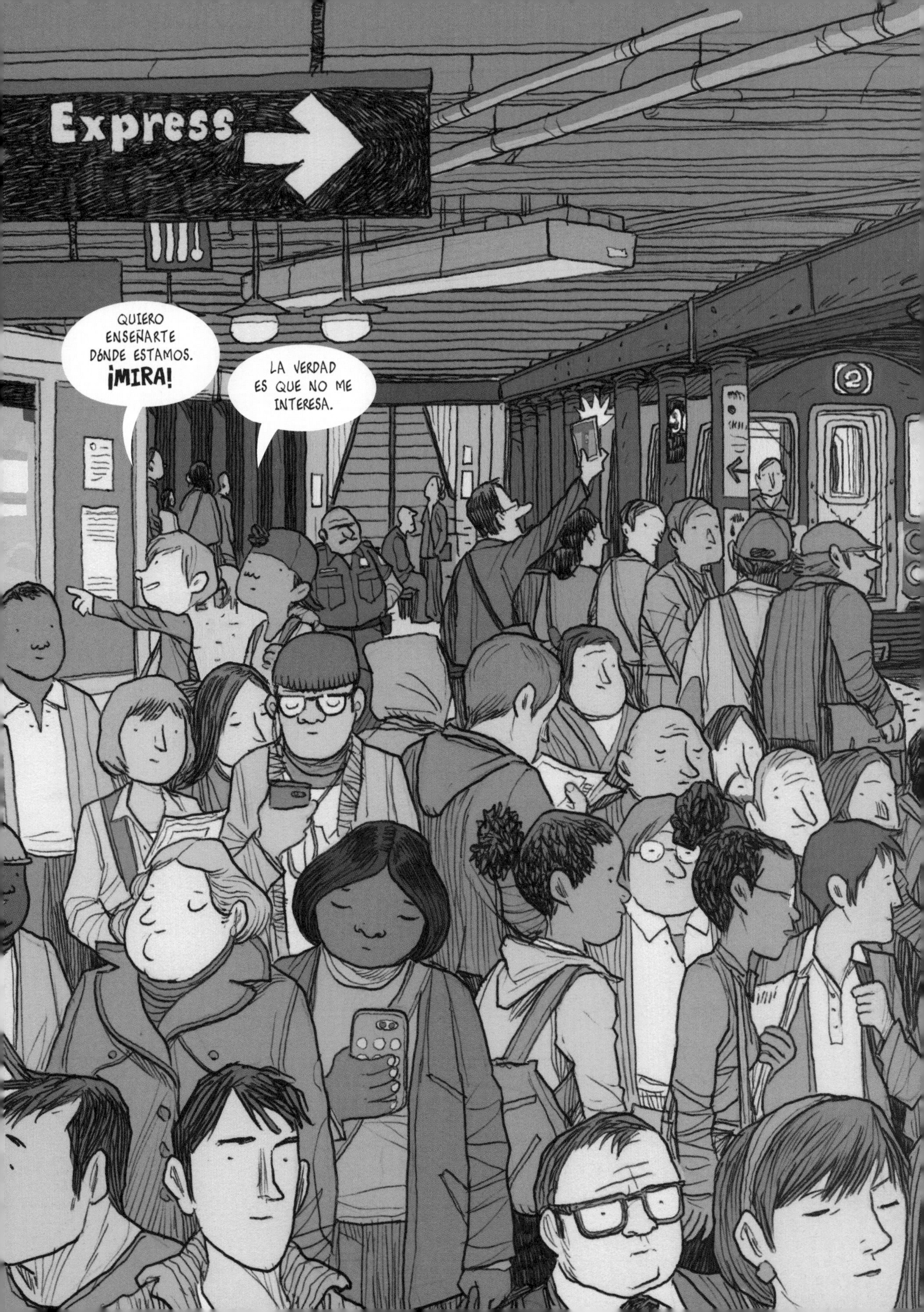
Express
QUIERO ENSEÑARTE DÓNDE ESTAMOS. ¡MIRA!
LA VERDAD ES QUE NO ME INTERESA.

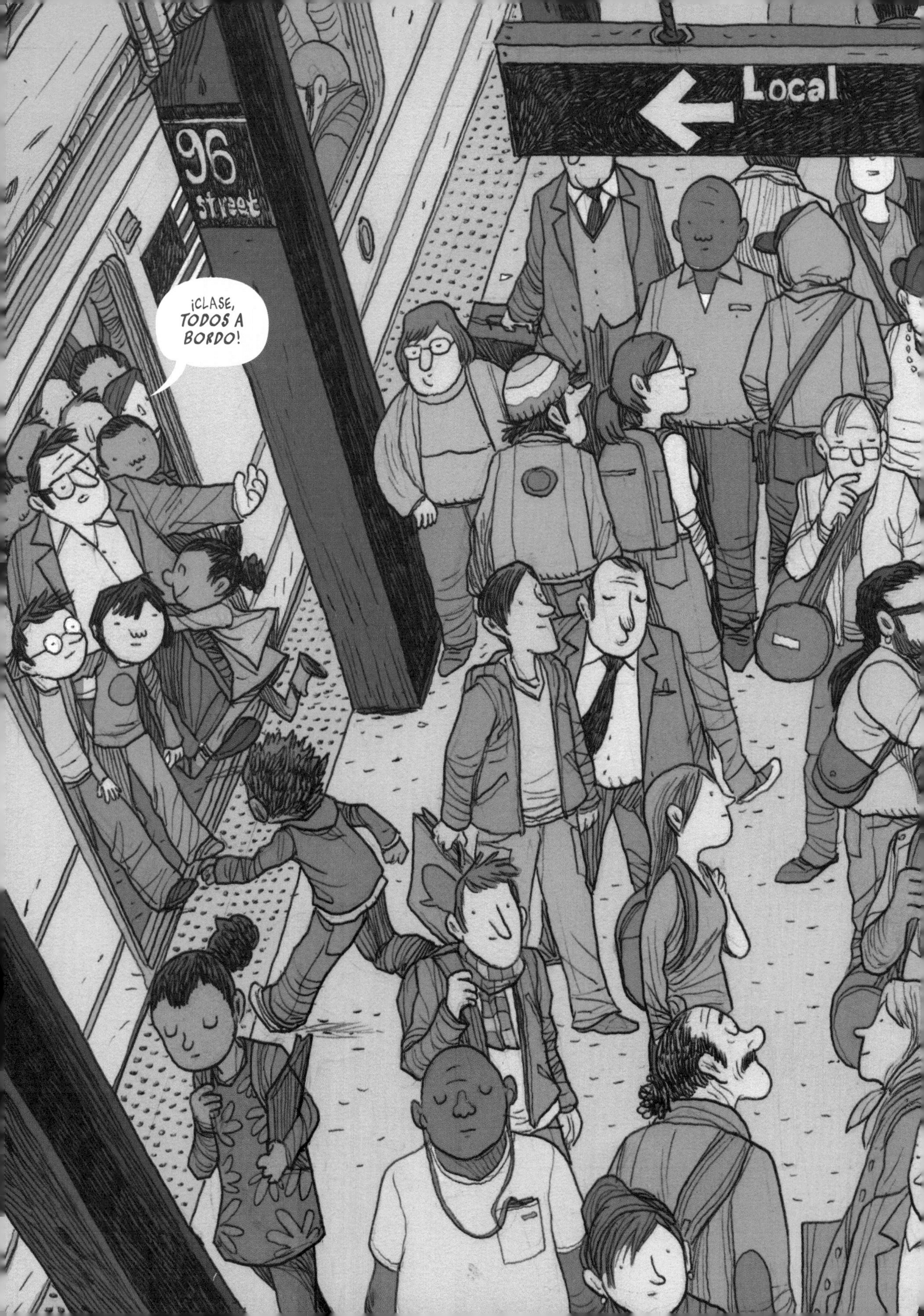
Local
96
street
¡CLASE, TODOS A BORDO!

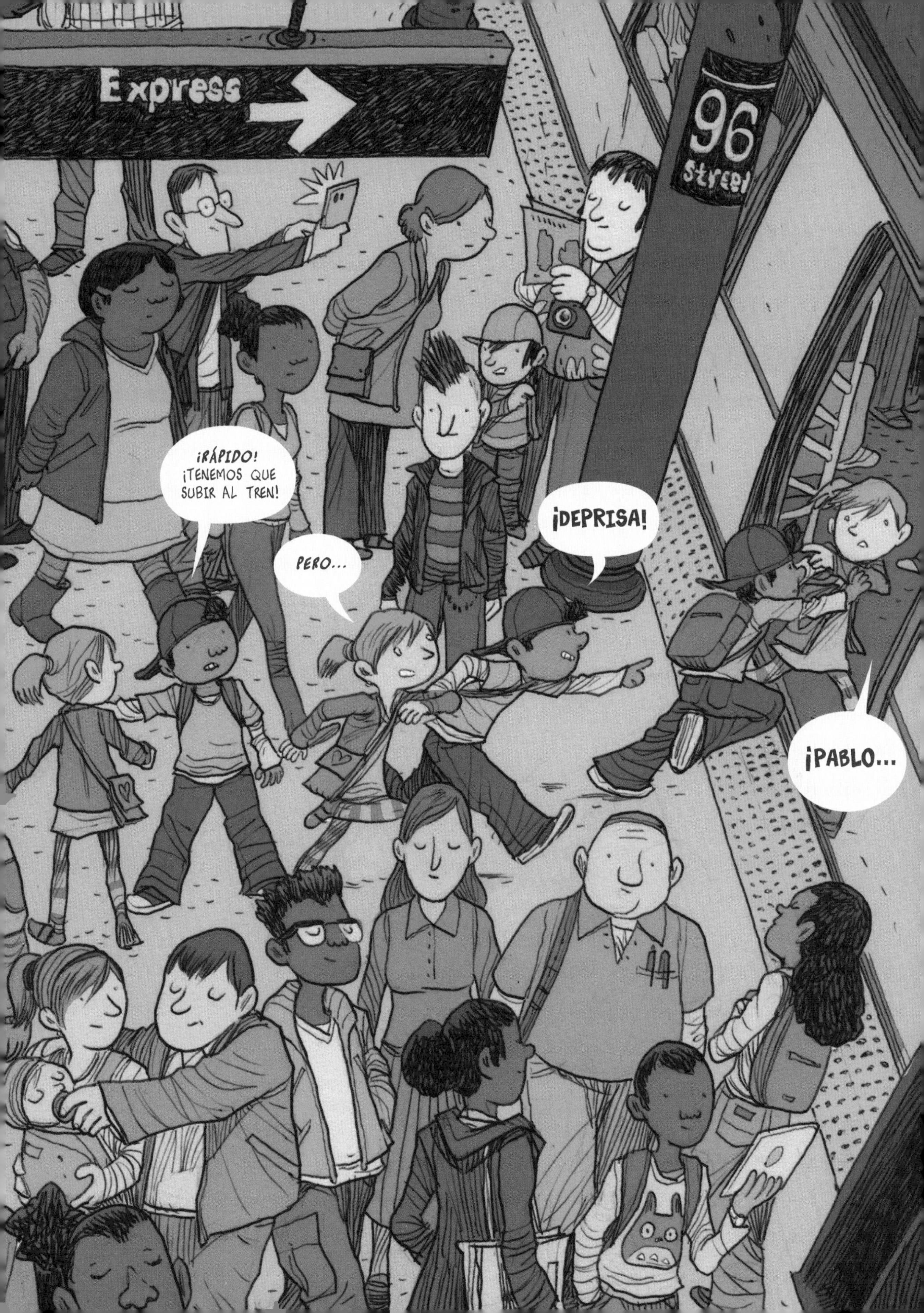
Express
96 Street
¡RÁPIDO! ¡TENEMOS QUE SUBIR AL TREN!
PERO...
¡DEPRISA!
¡PABLO...

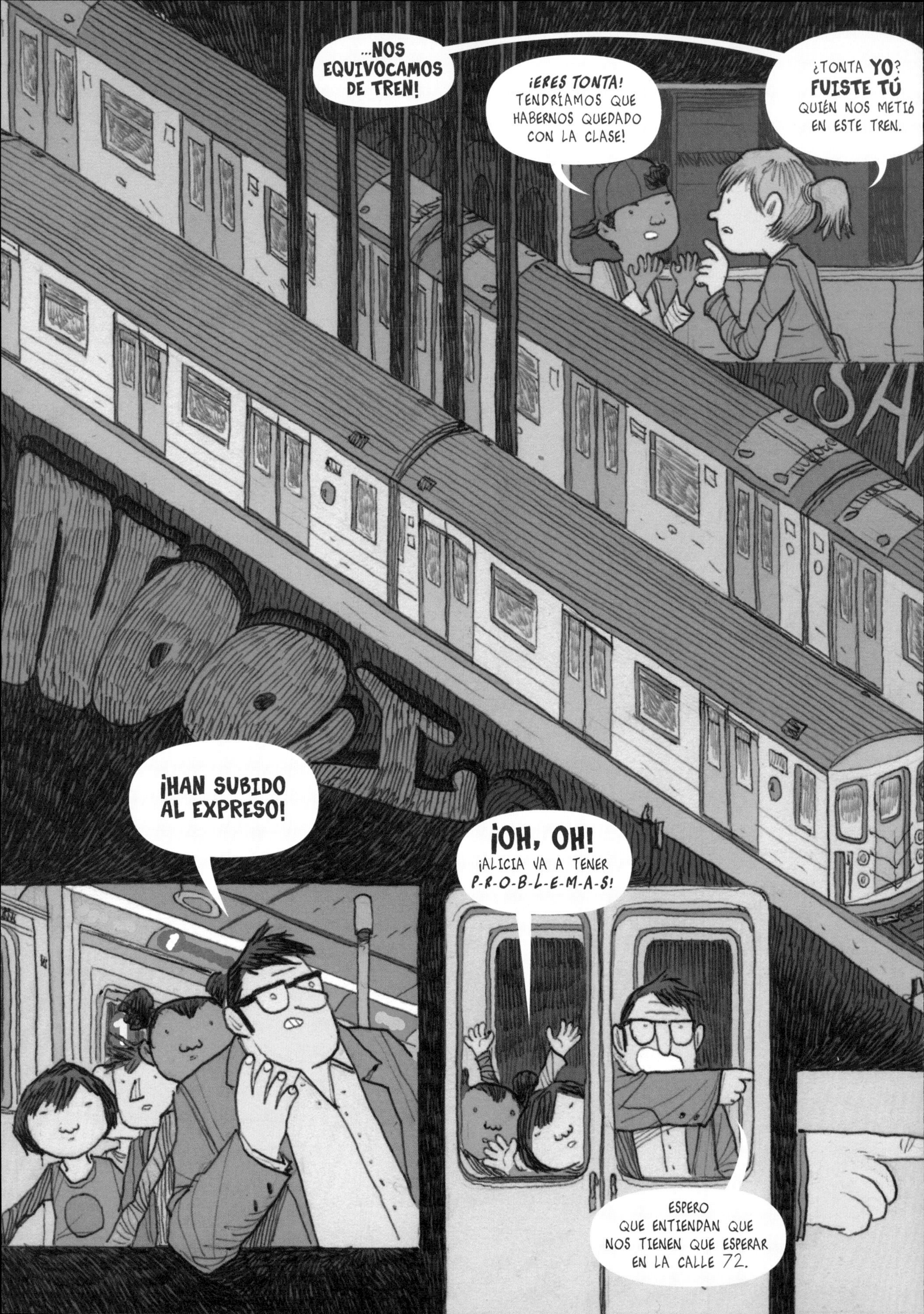
...NOS EQUIVOCAMOS DE TREN!
¡ERES TONTA! TENDRÍAMOS QUE HABERNOS QUEDADO CON LA CLASE!
¿TONTA YO? FUISTE TÚ QUIÉN NOS METIÓ EN ESTE TREN.
¡HAN SUBIDO AL EXPRESO!
¡OH, OH! ¡ALICIA VA A TENER P-R-O-B-L-E-M-A-S!
ESPERO QUE ENTIENDAN QUE NOS TIENEN QUE ESPERAR EN LA CALLE 72.

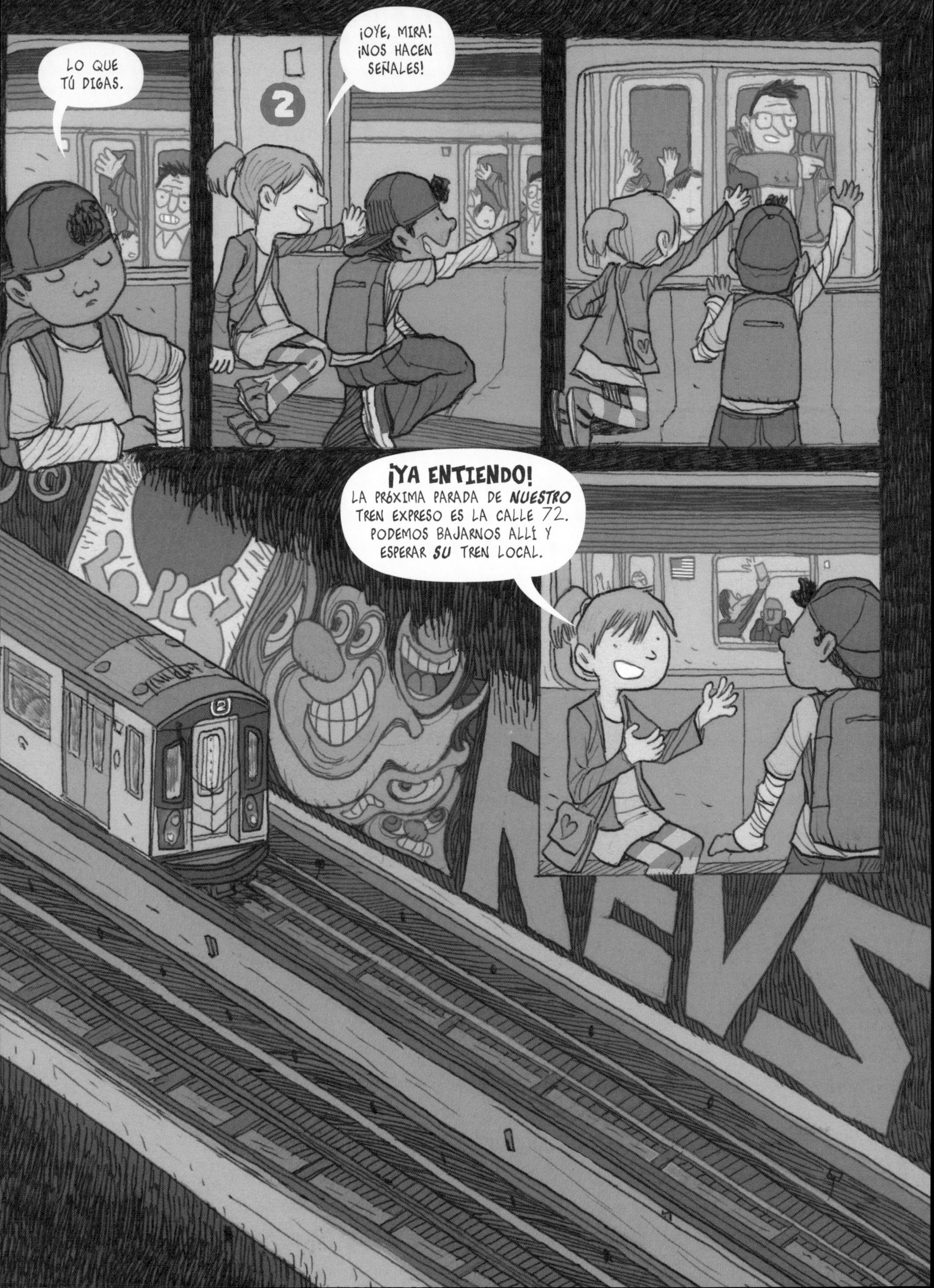
LO QUE TÚ DIGAS.
¡OYE, MIRA! ¡NOS HACEN SEÑALES!
¡YA ENTIENDO!
LA PRÓXIMA PARADA DE NUESTRO TREN EXPRESO ES LA CALLE 72. PODEMOS BAJARNOS ALLÍ Y ESPERAR SU TREN LOCAL.

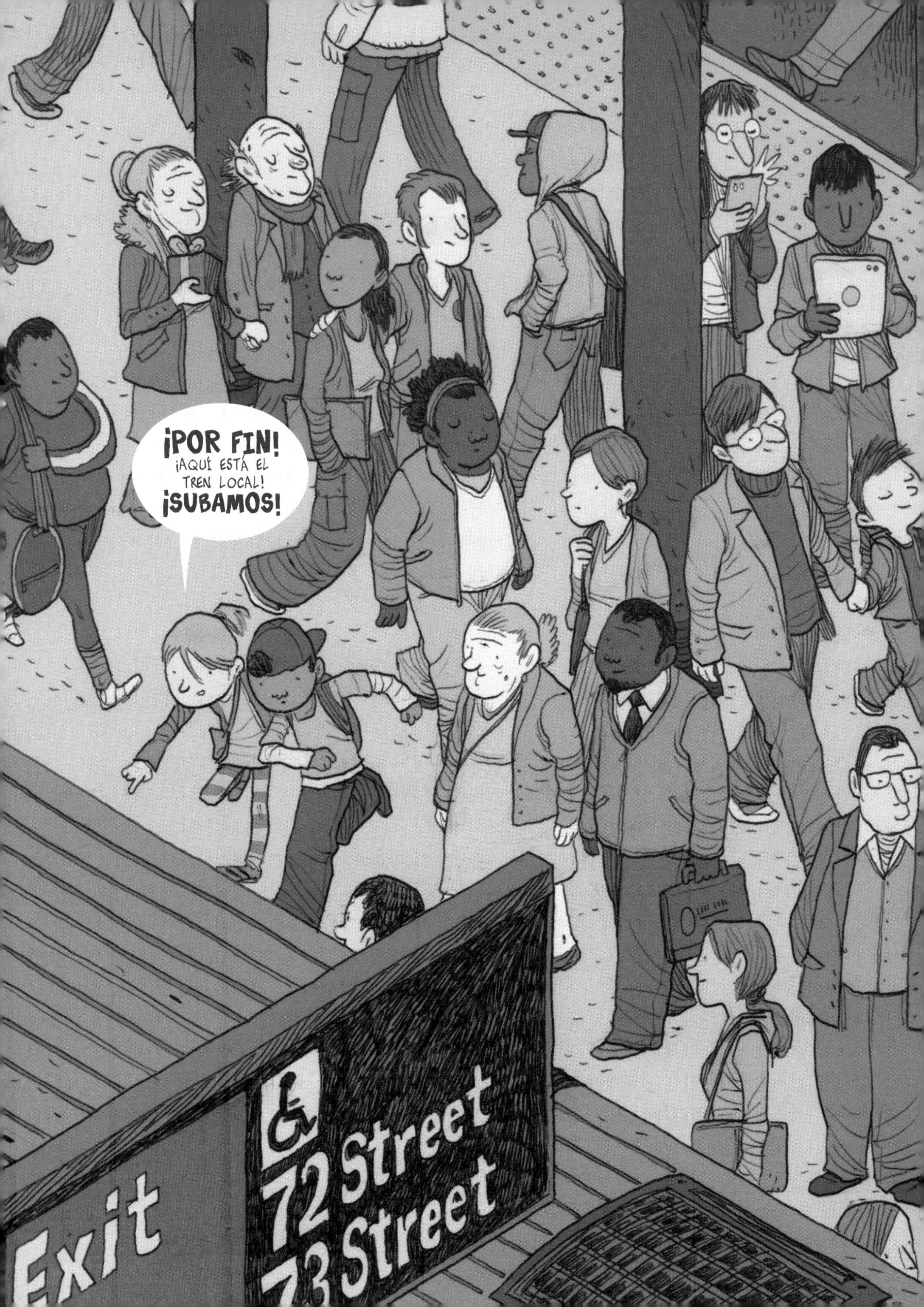
¡POR FIN! ¡AQUÍ ESTÁ EL TREN LOCAL! ¡SUBAMOS!
Exit
72 Street
73 Street

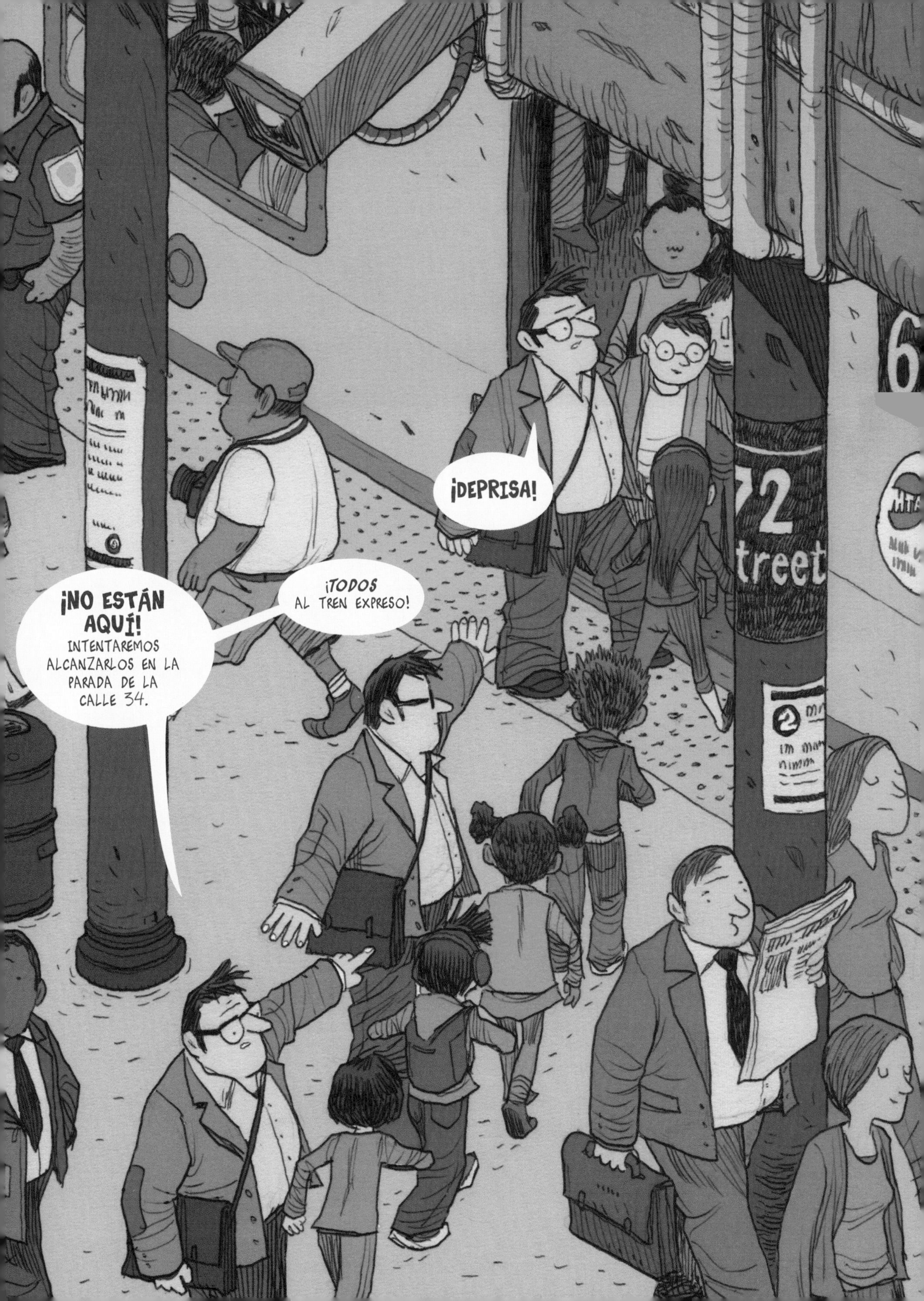
¡DEPRISA!
¡TODOS AL TREN EXPRESO!
¡NO ESTÁN AQUÍ! INTENTAREMOS ALCANZARLOS EN LA PARADA DE LA CALLE 34.
72 street

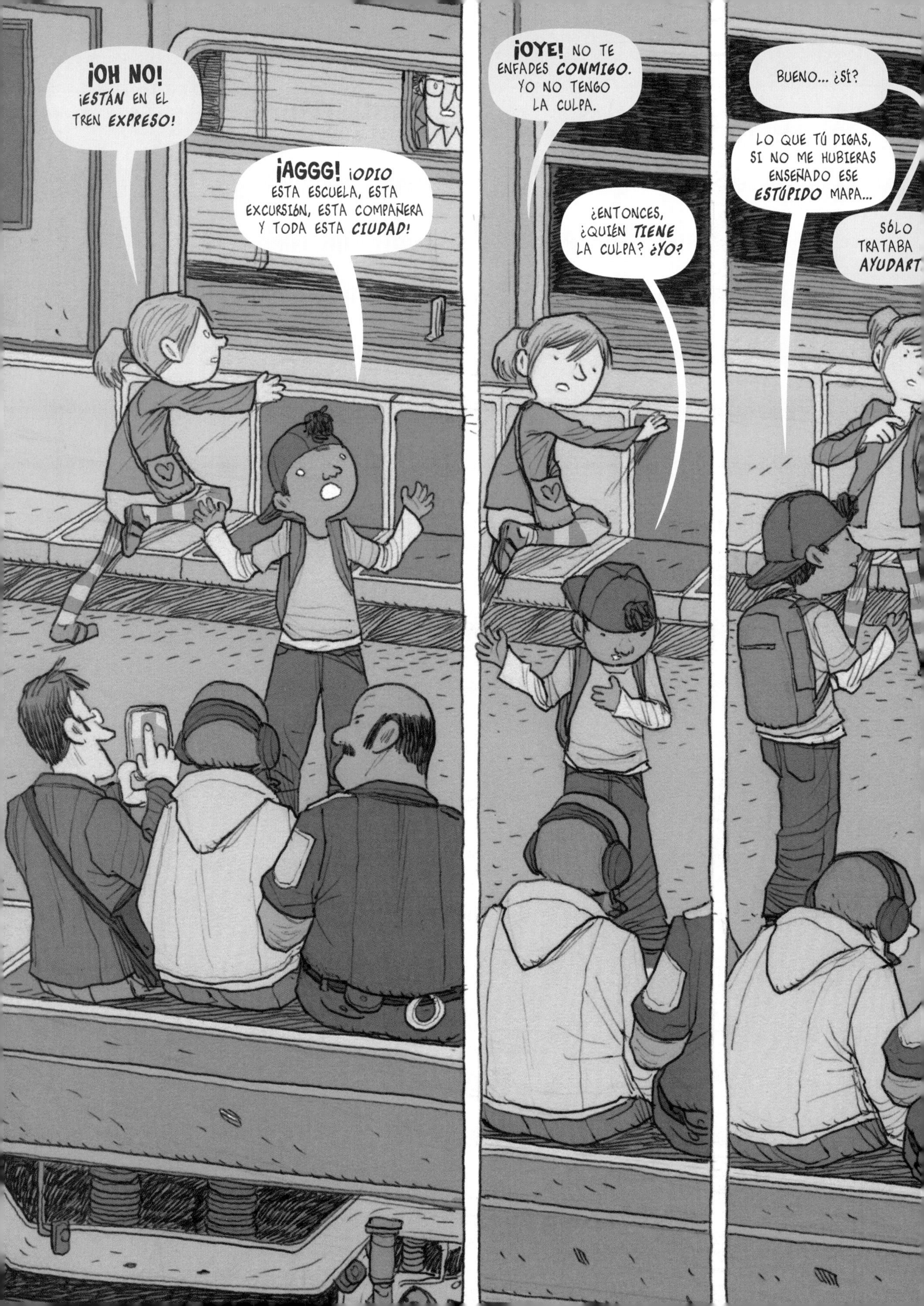
¡OH NO! ¡ESTÁN EN EL TREN EXPRESO!
¡AGGG! ¡ODIO ESTA ESCUELA, ESTA EXCURSIÓN, ESTA COMPAÑERA Y TODA ESTA CIUDAD!
¡OYE! NO TE ENFADES CONMIGO. YO NO TENGO LA CULPA.
¿ENTONCES, ¿QUIÉN TIENE LA CULPA? ¿YO?
BUENO... ¿SÍ?
LO QUE TÚ DIGAS, SI NO ME HUBIERAS ENSEÑADO ESE ESTÚPIDO MAPA...
SÓLO TRATABA AYUDART

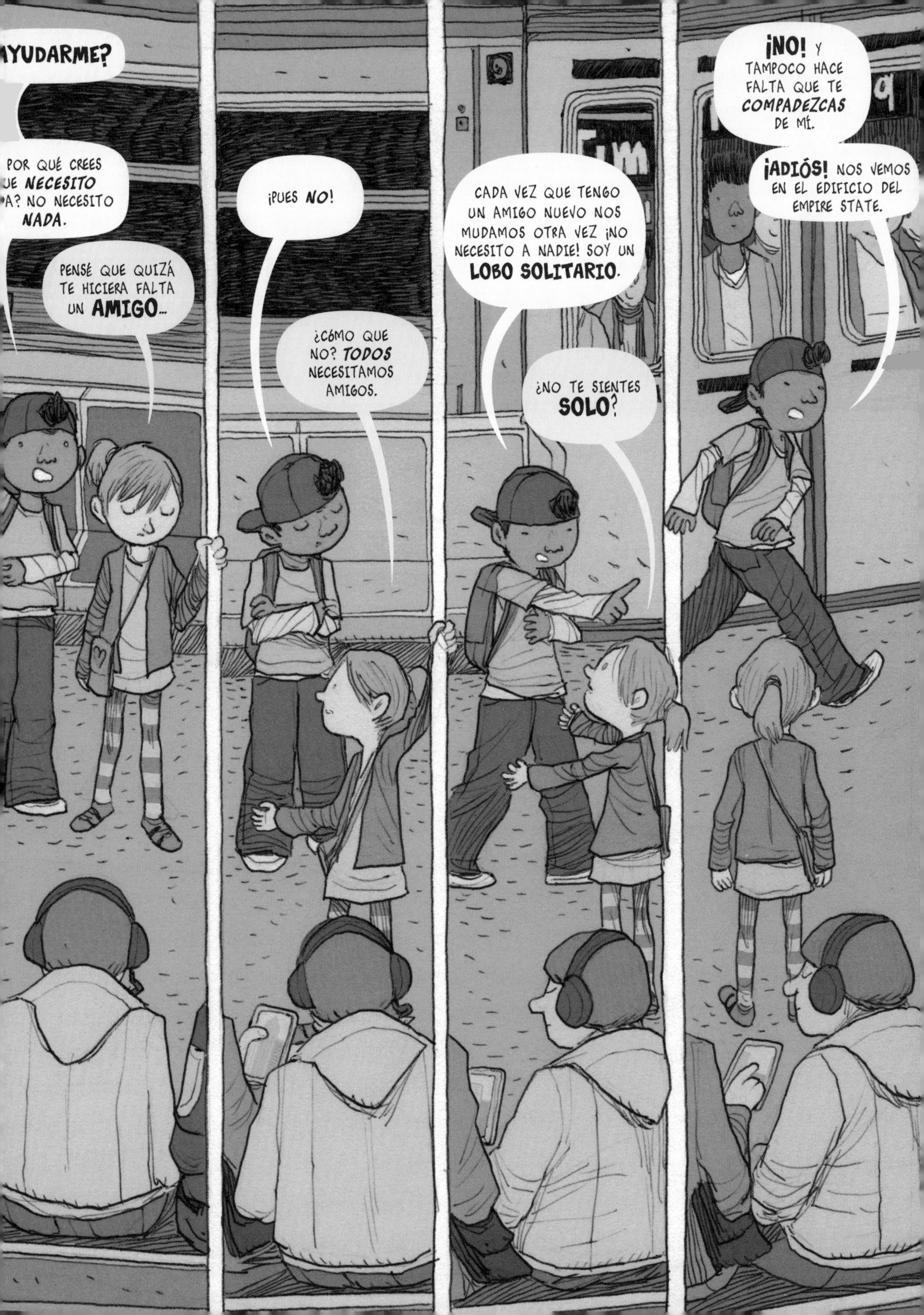
AYUDARME?
POR QUÉ CREES
UE NECESITO
A? NO NECESITO
NADA.
PENSÉ QUE QUIZÁ TE HICIERA FALTA UN AMIGO...
¡PUES NO!
¿CÓMO QUE NO? TODOS NECESITAMOS AMIGOS.
CADA VEZ QUE TENGO UN AMIGO NUEVO NOS MUDAMOS OTRA VEZ ¡NO NECESITO A NADIE! SOY UN LOBO SOLITARIO.
¿NO TE SIENTES SOLO?
¡NO! Y TAMPOCO HACE FALTA QUE TE COMPADEZCAS DE MÍ.
¡ADIÓS! NOS VEMOS EN EL EDIFICIO DEL EMPIRE STATE.

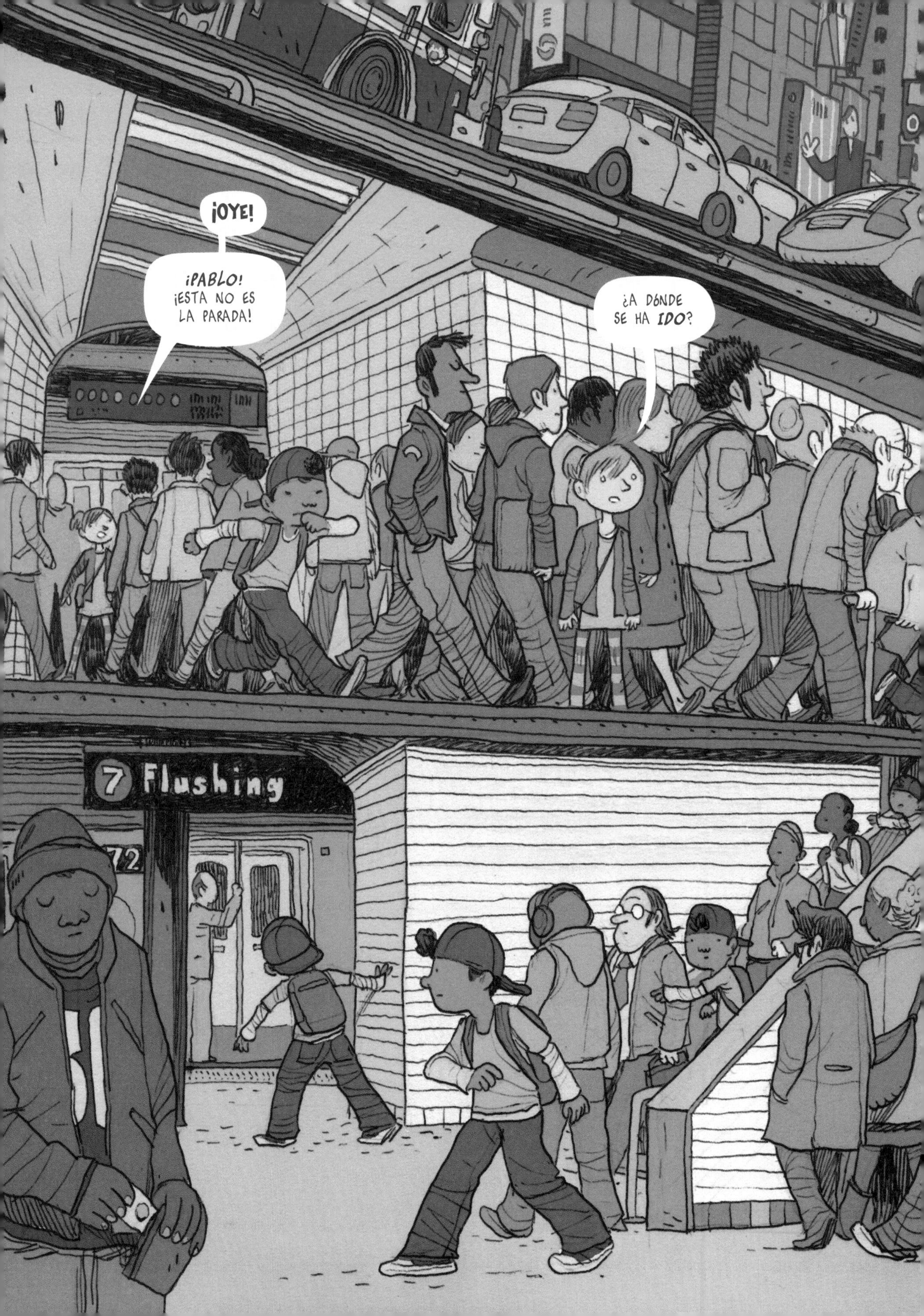
¡OYE!
¡PABLO! ¡ESTA NO ES LA PARADA!
¿A DÓNDE SE HA IDO?
7 Flushing
72

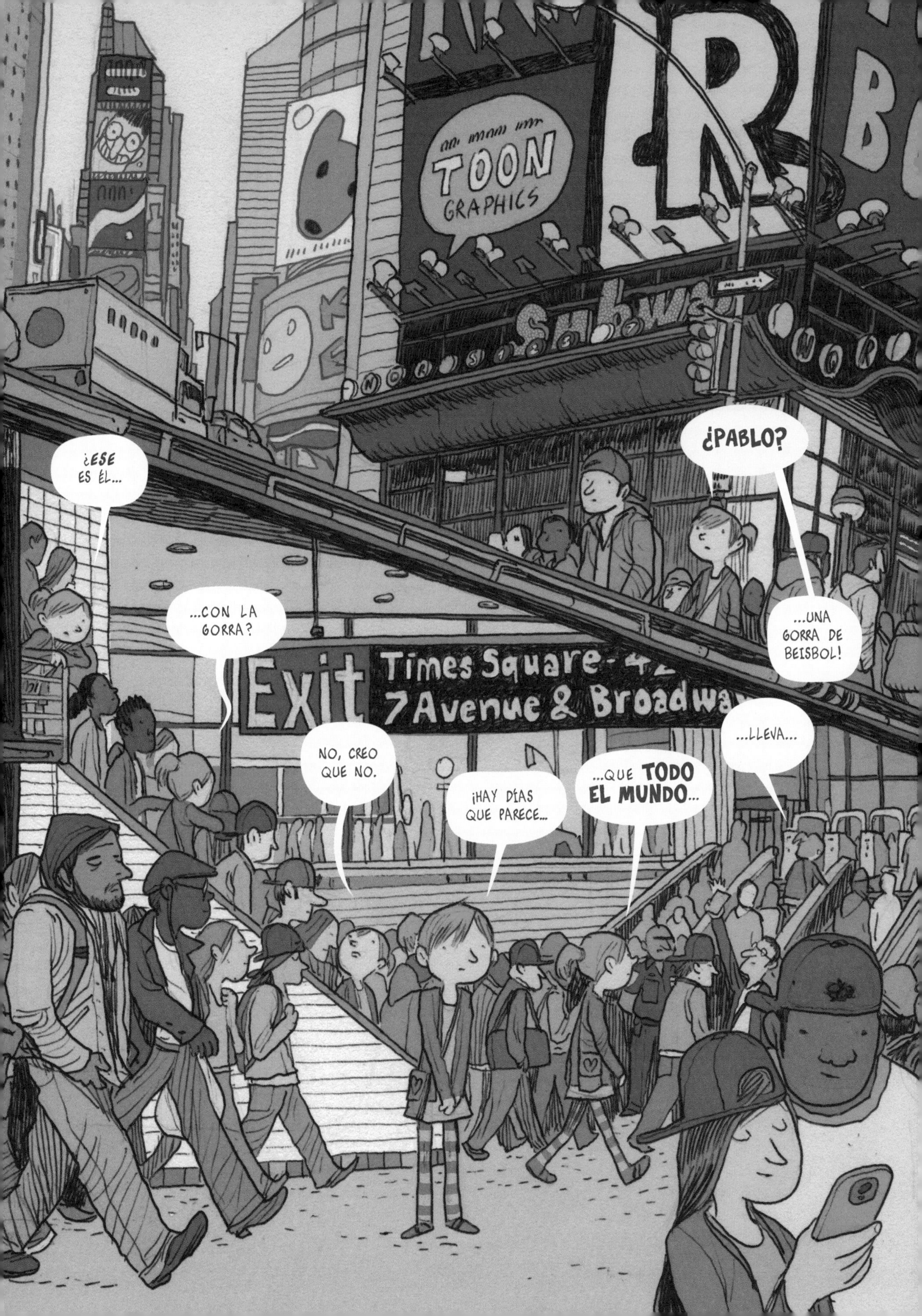
TOON
GRAPHICS
¿ESE ES ÉL...
¿PABLO?
...CON LA GORRA?
Exit
Times Square - 4
7 Avenue & Broadwa
NO, CREO QUE NO.
¡HAY DÍAS QUE PARECE...
...QUE **TODO EL MUNDO**...
...LLEVA...
...UNA GORRA DE BEISBOL!

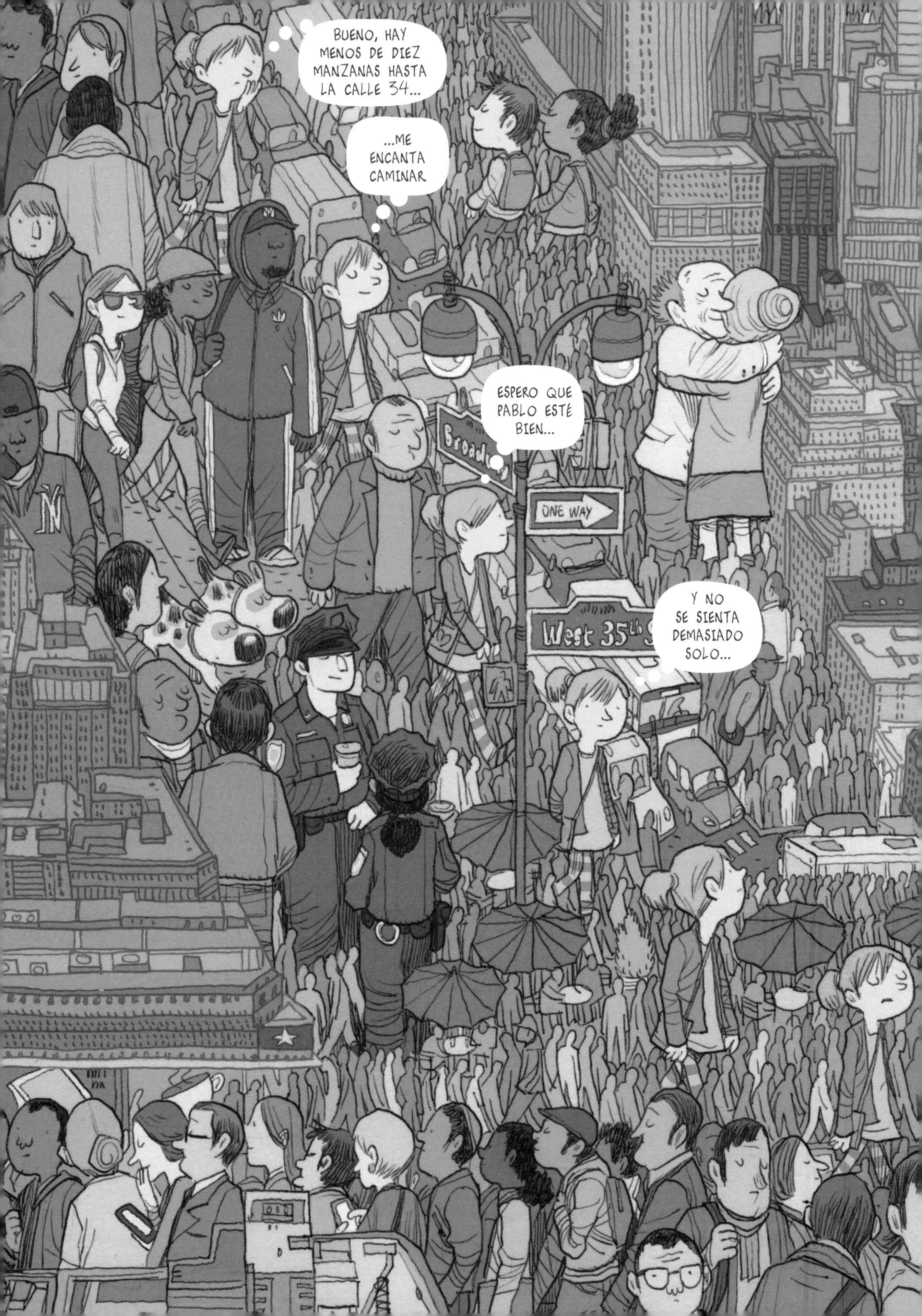
BUENO, HAY MENOS DE DIEZ MANZANAS HASTA LA CALLE 34...
...ME ENCANTA CAMINAR
ESPERO QUE PABLO ESTÉ BIEN...
Y NO SE SIENTA DEMASIADO SOLO...
ONE WAY
Broadway
West 35th St

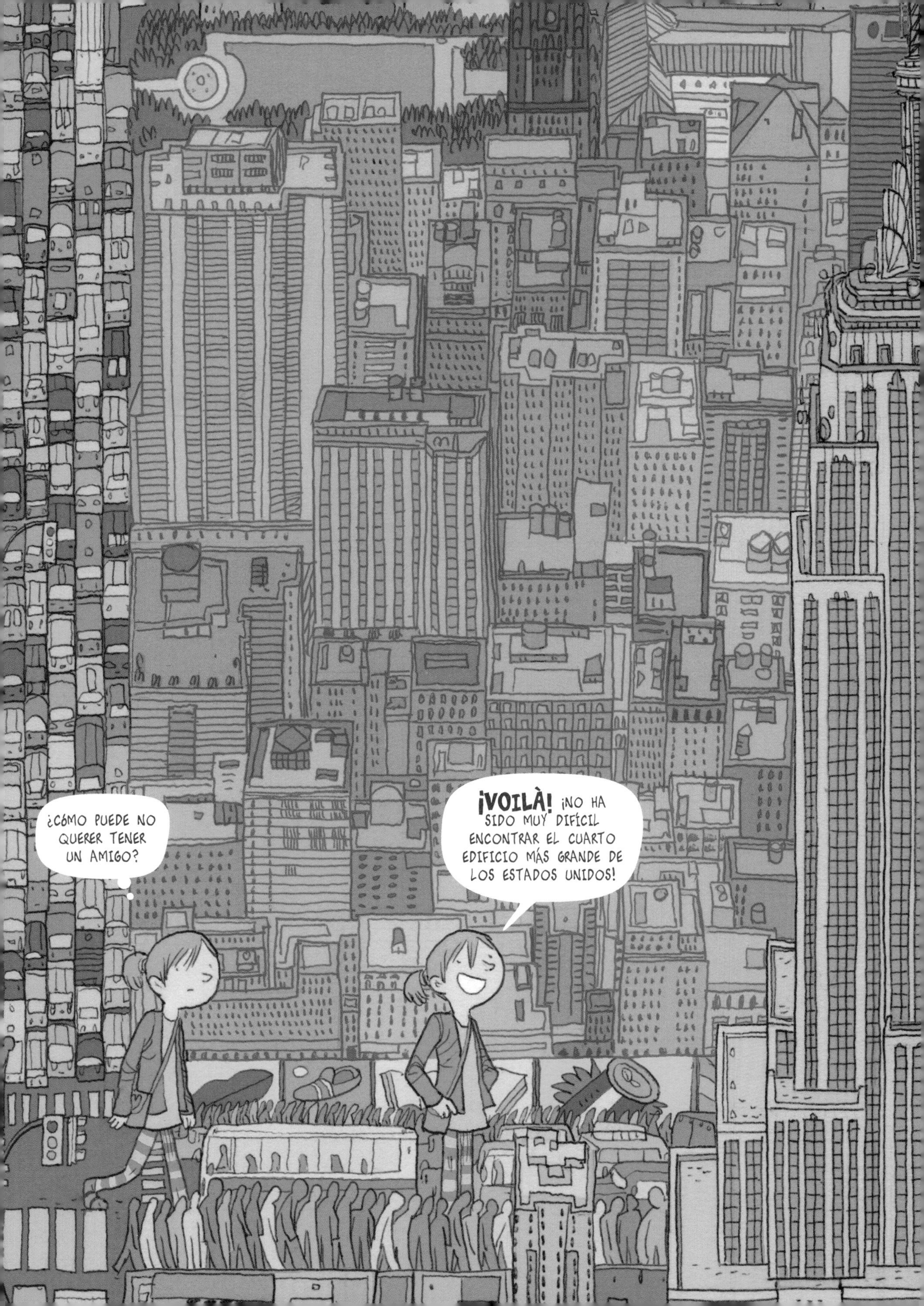
¿CÓMO PUEDE NO QUERER TENER UN AMIGO?
¡VOILÀ! ¡NO HA SIDO MUY DIFÍCIL ENCONTRAR EL CUARTO EDIFICIO MÁS GRANDE DE LOS ESTADOS UNIDOS!

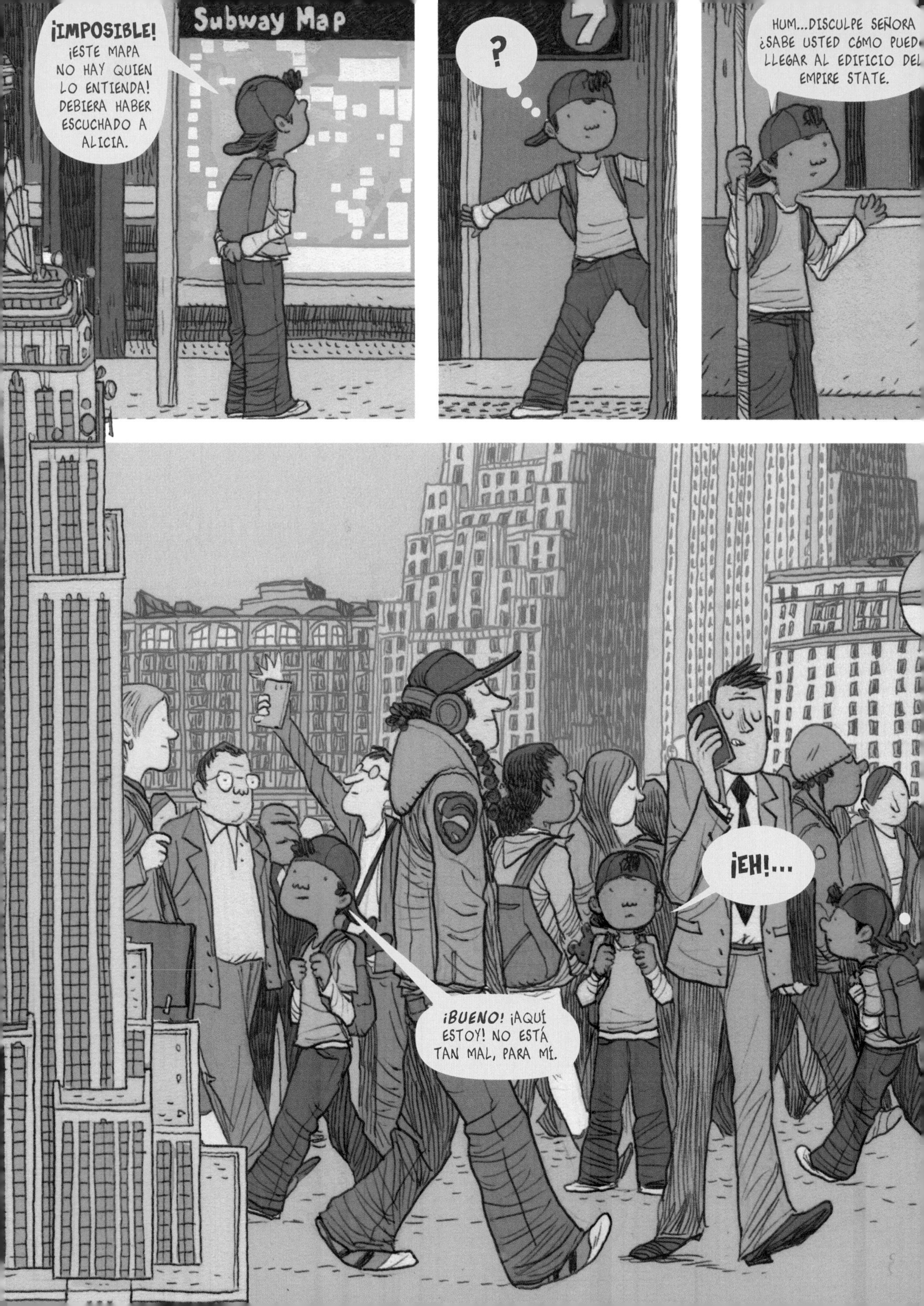

Subway Map
¡IMPOSIBLE! ¡ESTE MAPA NO HAY QUIEN LO ENTIENDA! DEBIERA HABER ESCUCHADO A ALICIA.
7
?
HUM...DISCULPE SEÑORA ¿SABE USTED CÓMO PUED LLEGAR AL EDIFICIO DEL EMPIRE STATE.
¡BUENO! ¡AQUÍ ESTOY! NO ESTÁ TAN MAL, PARA MÍ.
¡EH!...

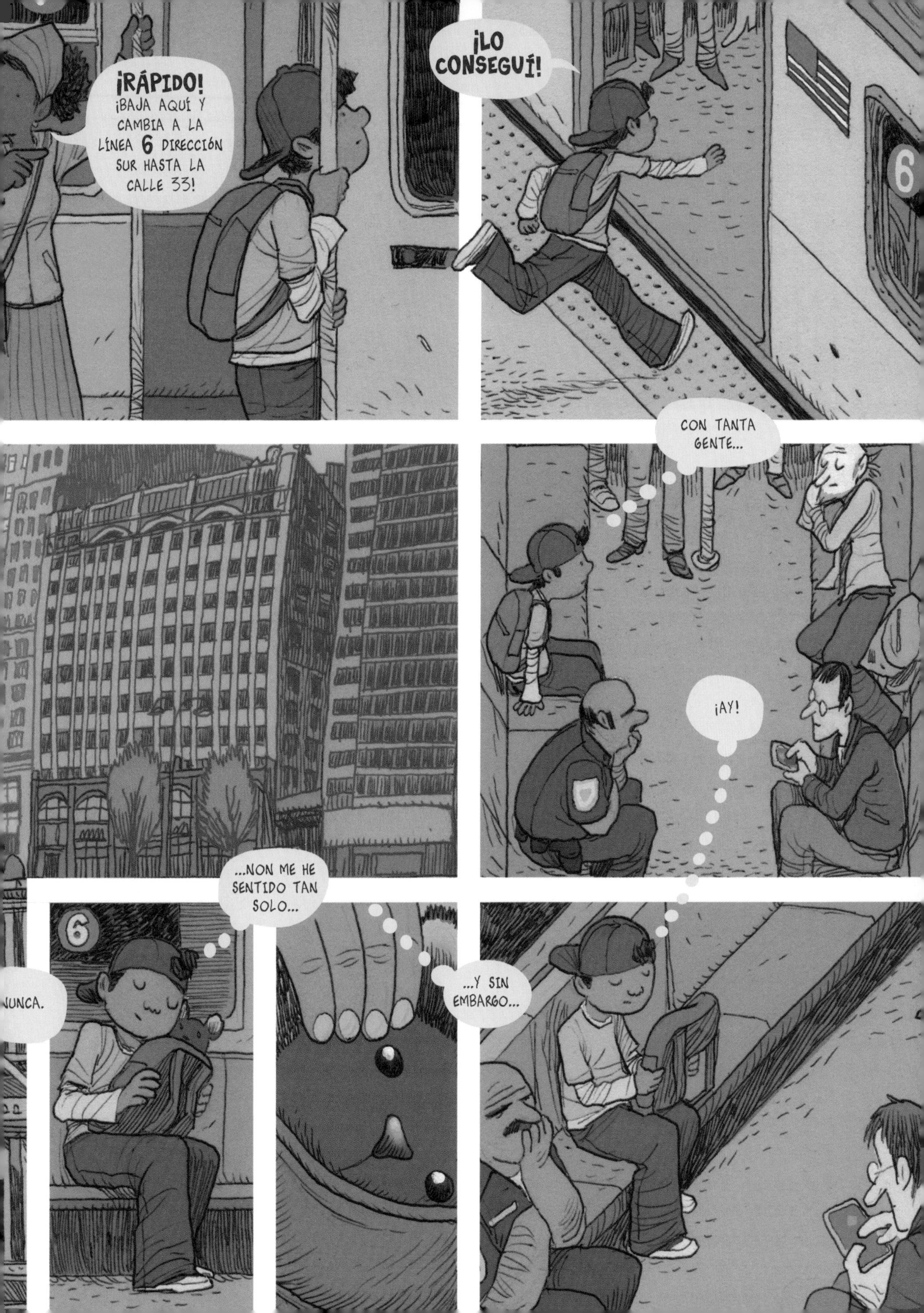
¡RÁPIDO!
¡BAJA AQUÍ Y CAMBIA A LA LÍNEA 6 DIRECCIÓN SUR HASTA LA CALLE 33!
¡LO CONSEGUÍ!
CON TANTA GENTE...
¡AY!
NUNCA.
...NON ME HE SENTIDO TAN SOLO...
...Y SIN EMBARGO...

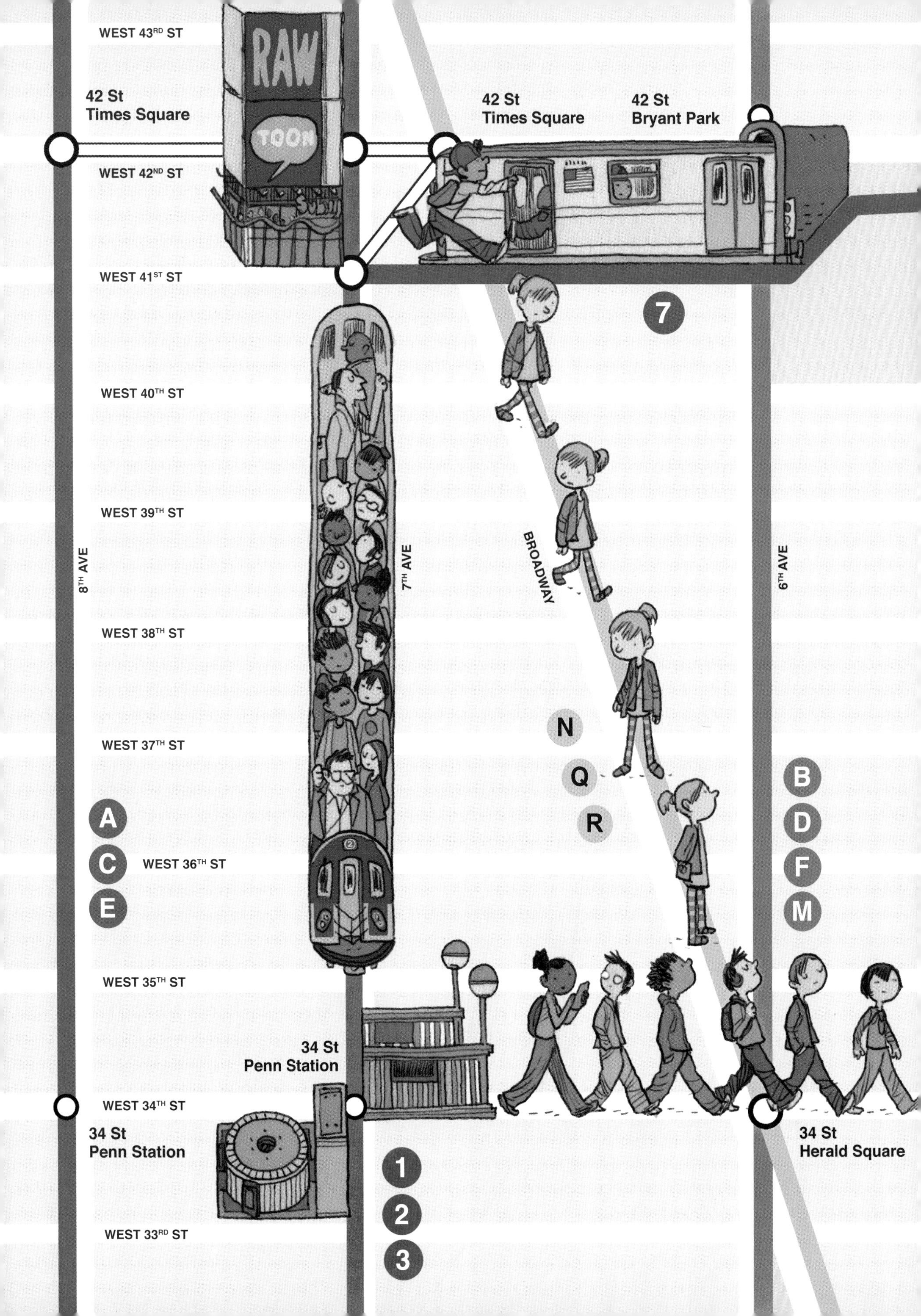
WEST 43RD ST
RAW
TOON
42 St
Times Square
WEST 42ND ST
42 St
Times Square
42 St
Bryant Park
WEST 41ST ST
7
WEST 40TH ST
WEST 39TH ST
8TH AVE
7TH AVE
BROADWAY
6TH AVE
WEST 38TH ST
WEST 37TH ST
N
Q
R
B
D
F
M
A
C
E
WEST 36TH ST
WEST 35TH ST
34 St
Penn Station
WEST 34TH ST
34 St
Penn Station
34 St
Herald Square
1
2
3
WEST 33RD ST

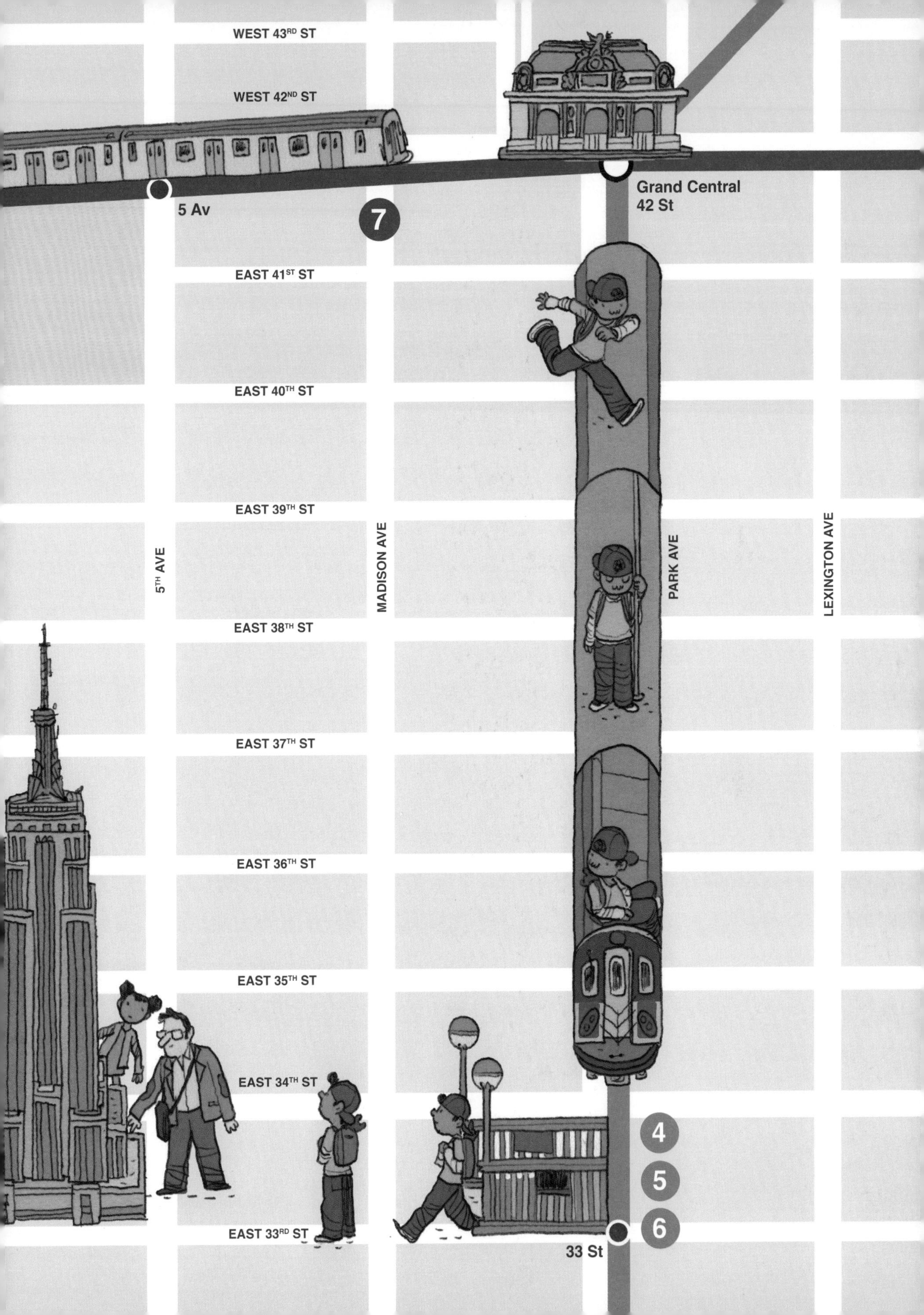
WEST 43RD ST
WEST 42ND ST
5 Av
7
Grand Central
42 St
EAST 41ST ST
EAST 40TH ST
EAST 39TH ST
5TH AVE
MADISON AVE
PARK AVE
LEXINGTON AVE
EAST 38TH ST
EAST 37TH ST
EAST 36TH ST
EAST 35TH ST
EAST 34TH ST
4
5
6
EAST 33RD ST
33 St

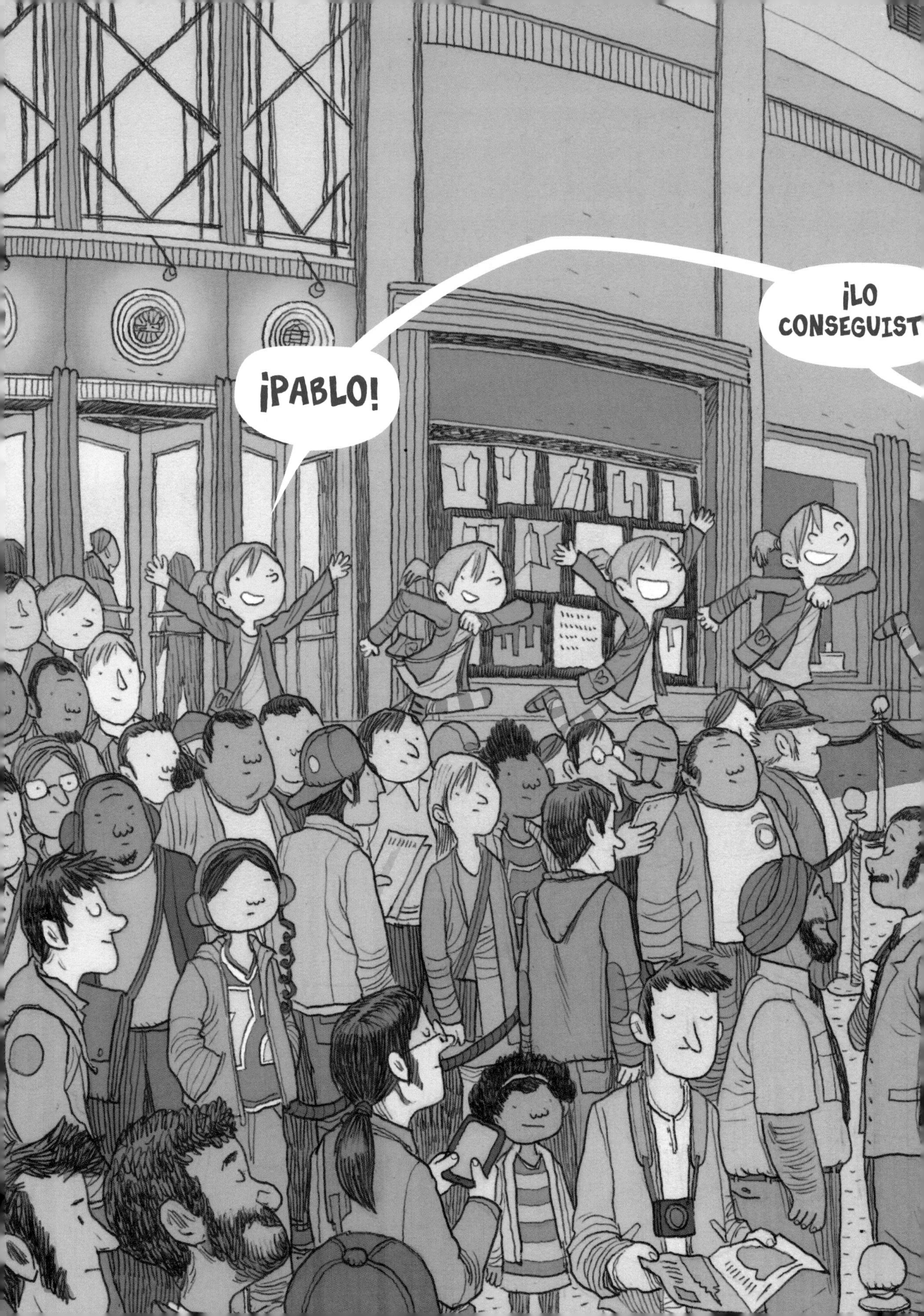
¡PABLO!
¡LO CONSEGUIST

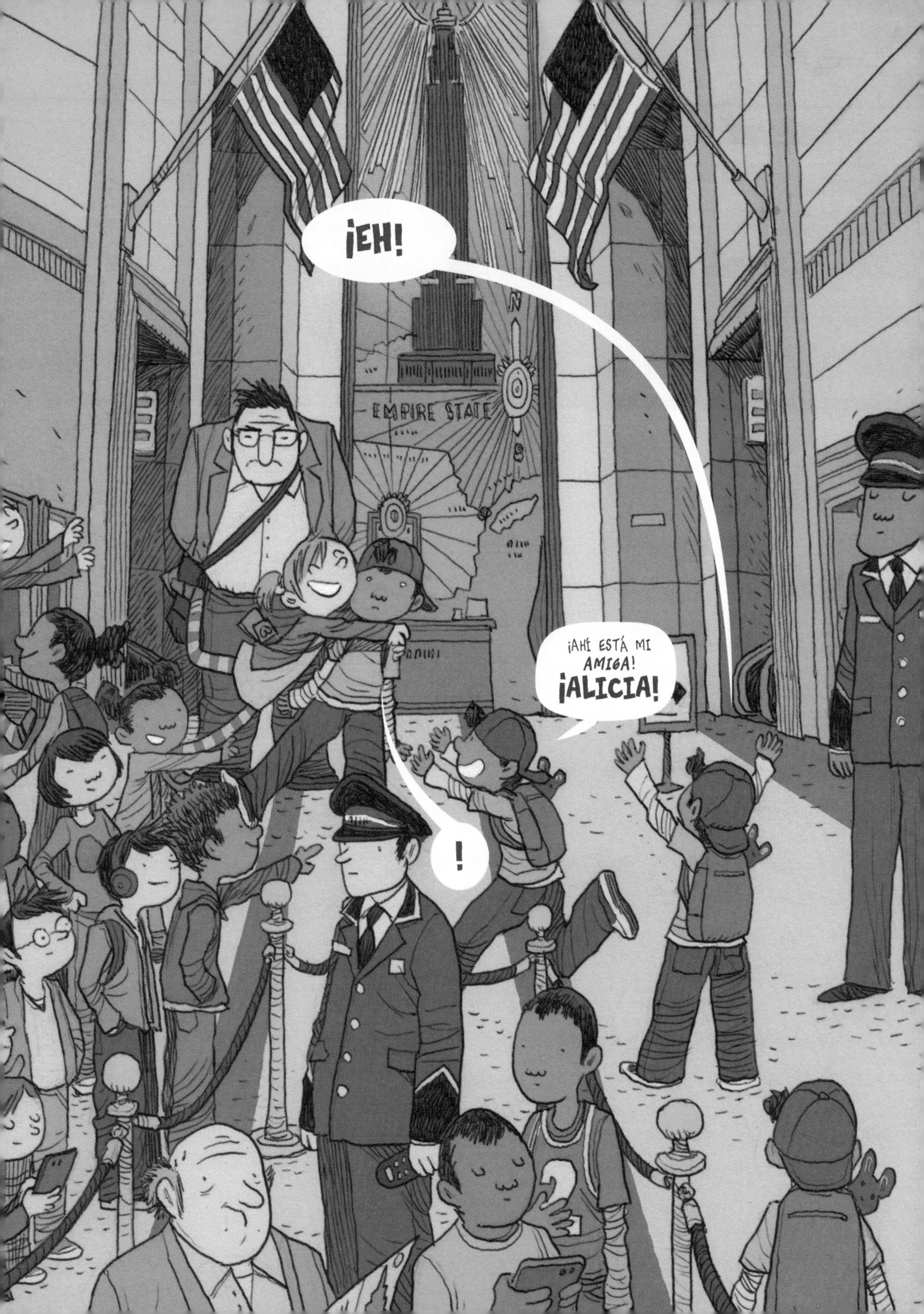
¡EH!
¡AHÍ ESTÁ MI AMIGA! ¡ALICIA!
!
EMPIRE STATE

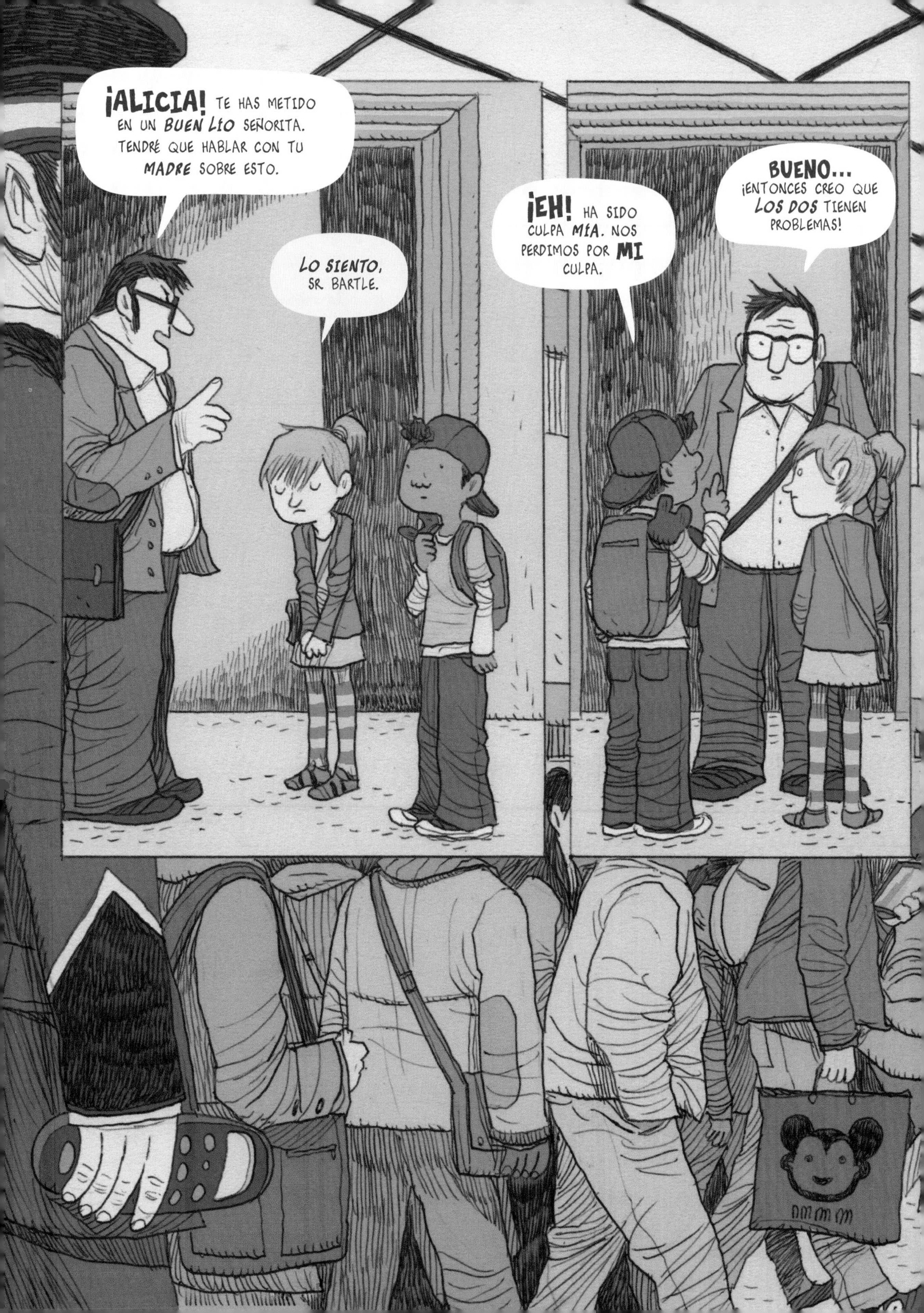
¡ALICIA! TE HAS METIDO EN UN BUEN LÍO SEÑORITA. TENDRÉ QUE HABLAR CON TU MADRE SOBRE ESTO.
LO SIENTO, SR BARTLE.
¡EH! HA SIDO CULPA MÍA. NOS PERDIMOS POR MI CULPA.
BUENO... ¡ENTONCES CREO QUE LOS DOS TIENEN PROBLEMAS!

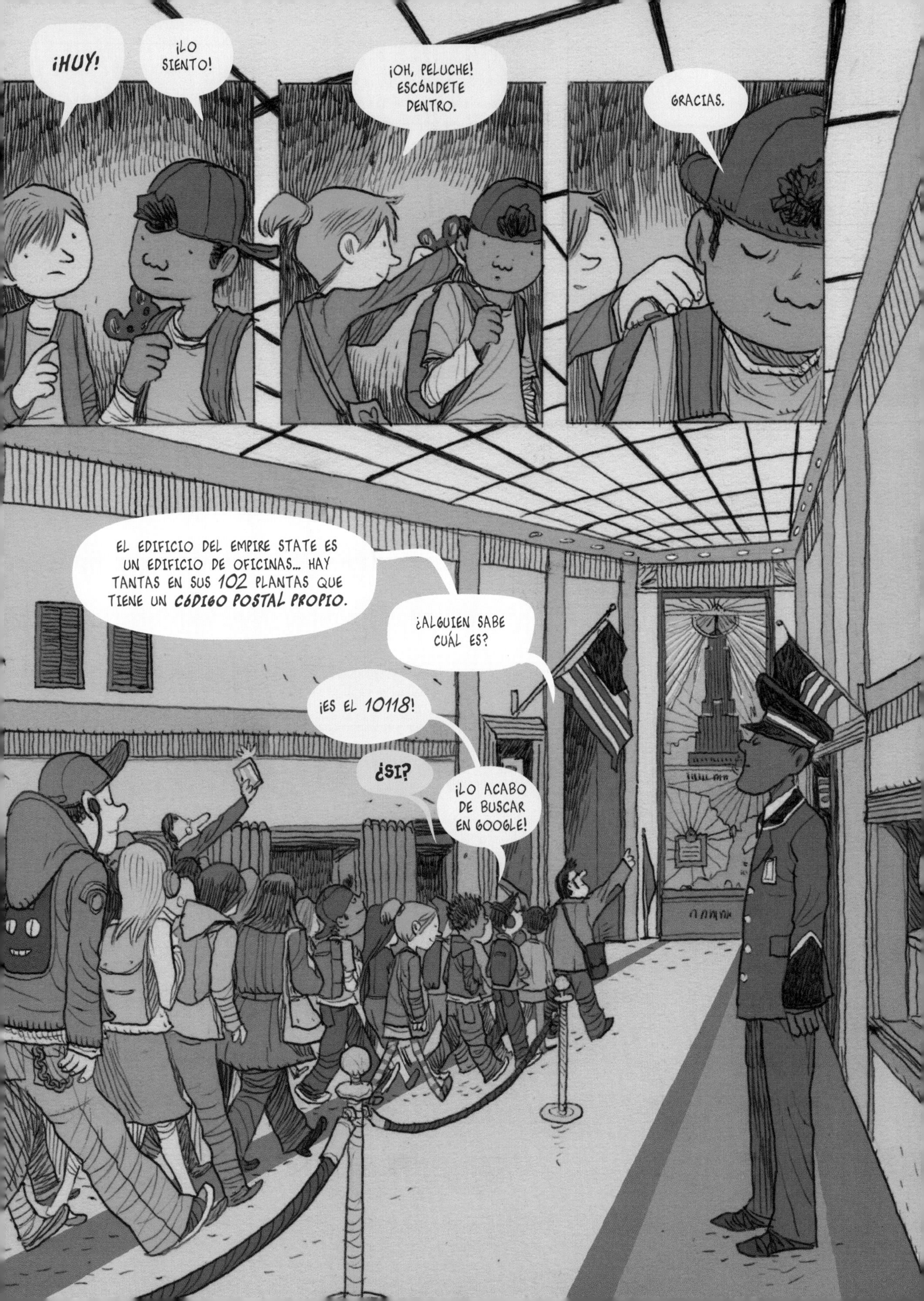
¡HUY!
¡LO SIENTO!
¡OH, PELUCHE! ESCÓNDETE DENTRO.
GRACIAS.
EL EDIFICIO DEL EMPIRE STATE ES UN EDIFICIO DE OFICINAS... HAY TANTAS EN SUS 102 PLANTAS QUE TIENE UN CÓDIGO POSTAL PROPIO.
¿ALGUIEN SABE CUÁL ES?
¡ES EL 10118!
¿SÍ?
¡LO ACABO DE BUSCAR EN GOOGLE!

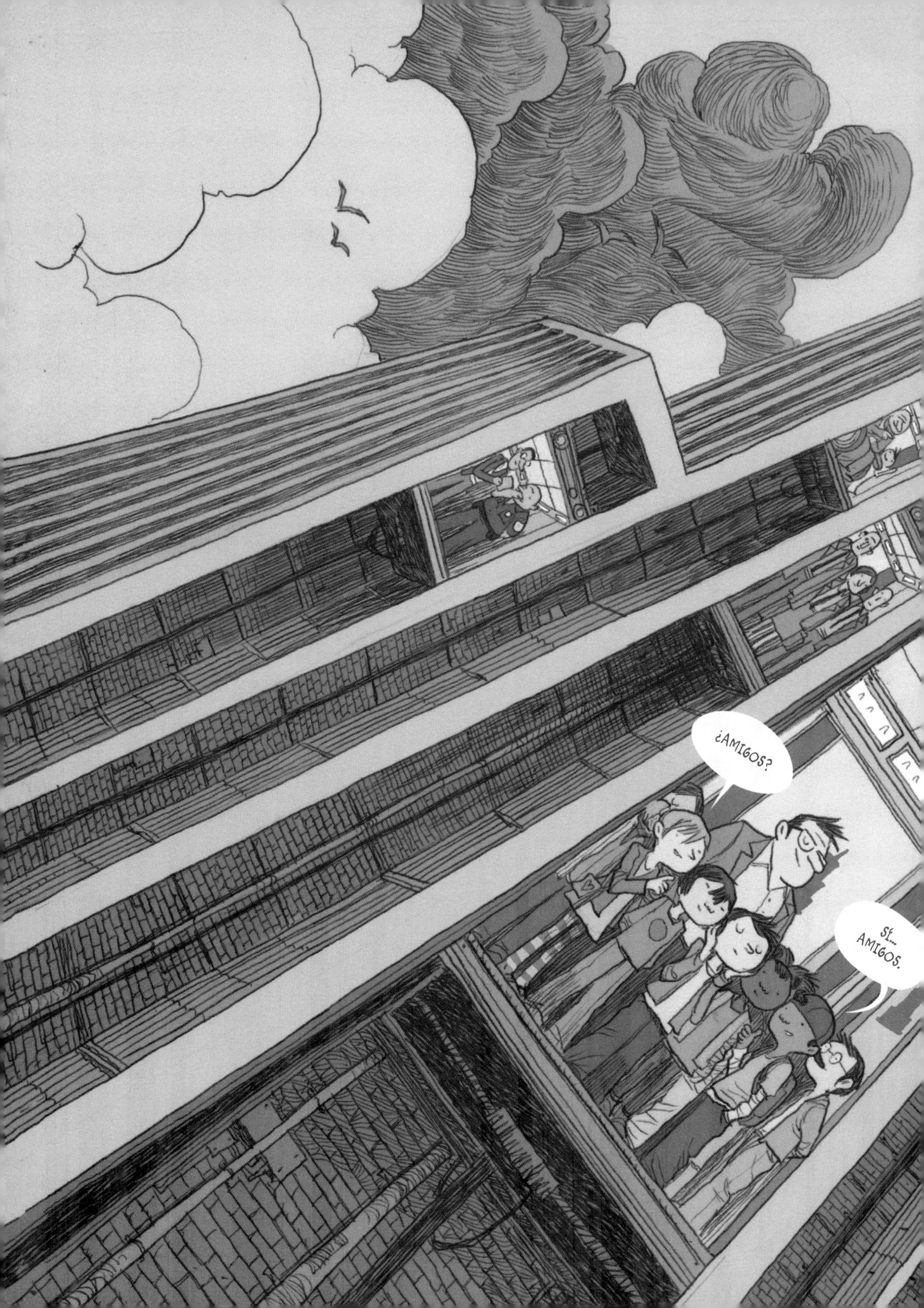
¿AMIGOS?
SÍ... AMIGOS.

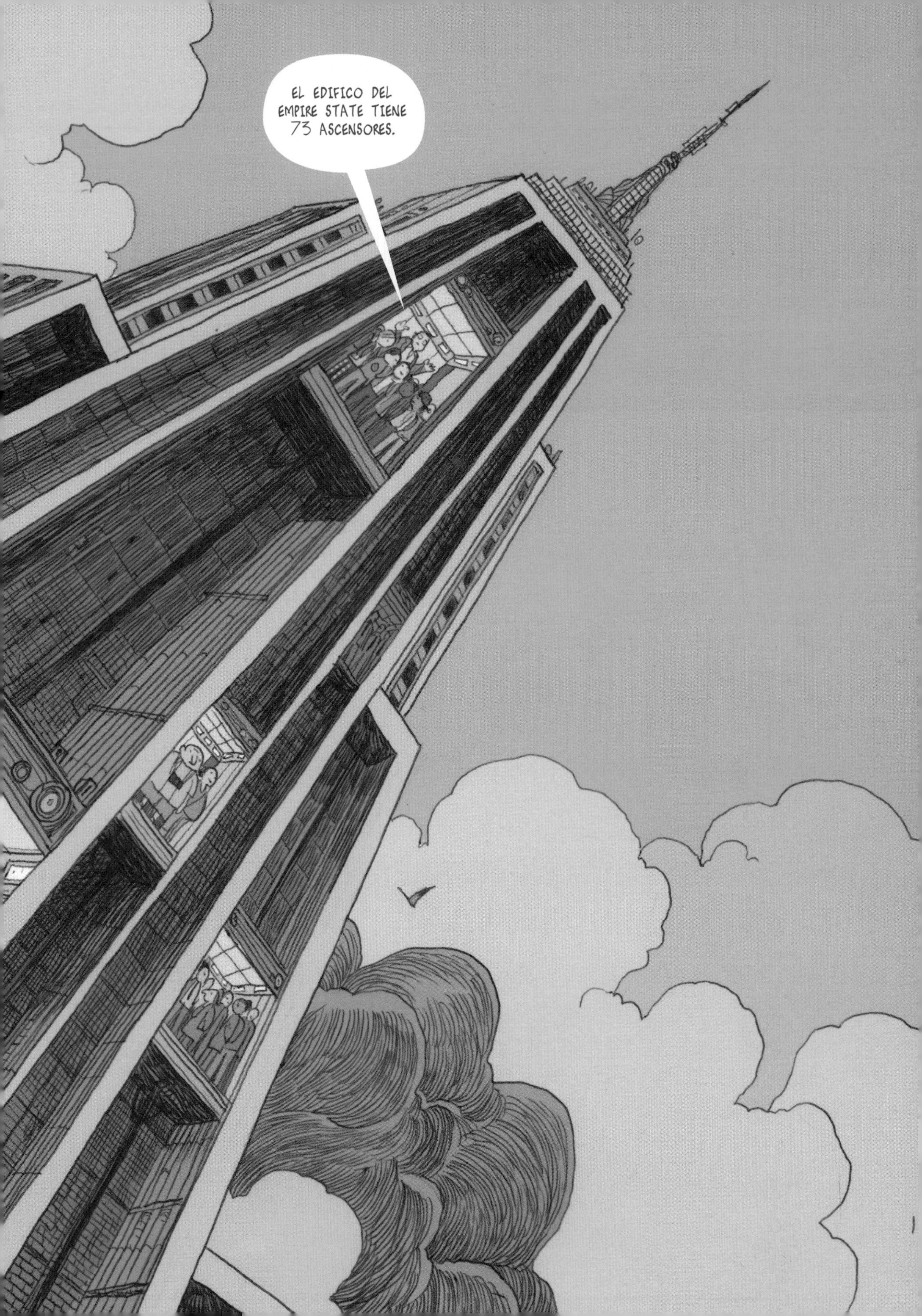
EL EDIFICO DEL EMPIRE STATE TIENE 73 ASCENSORES.

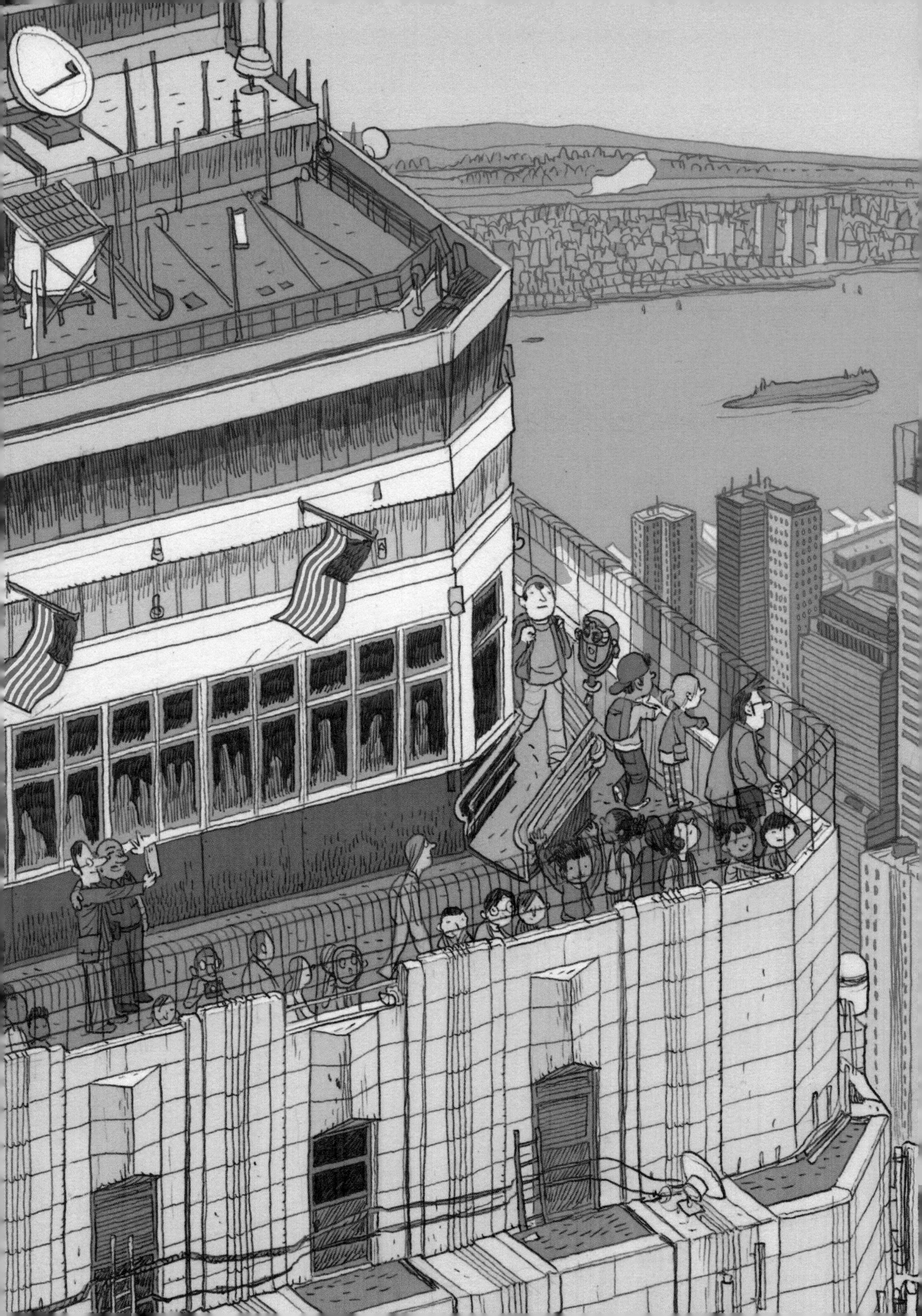

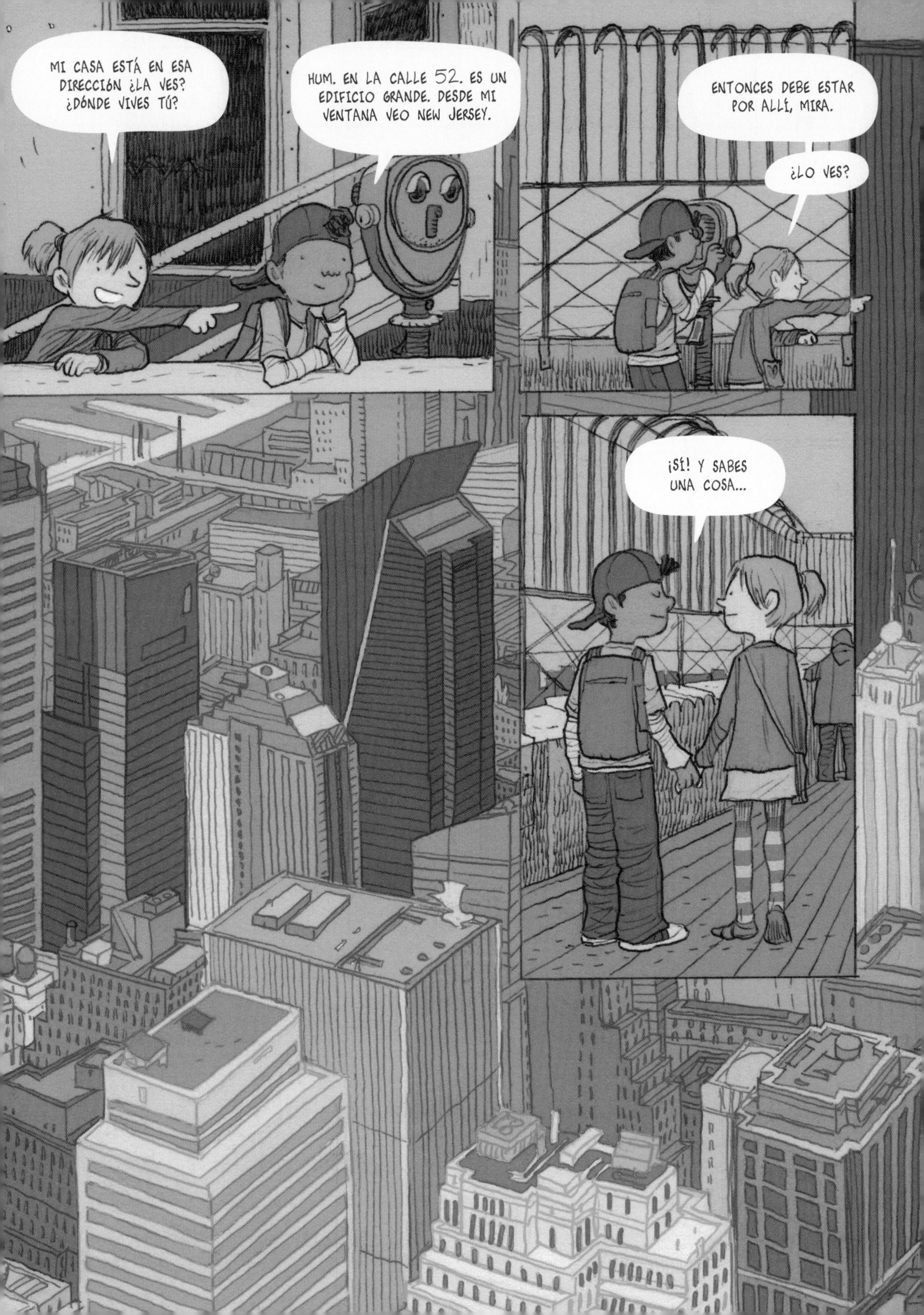
MI CASA ESTÁ EN ESA DIRECCIÓN ¿LA VES? ¿DÓNDE VIVES TÚ?
HUM. EN LA CALLE 52. ES UN EDIFICIO GRANDE. DESDE MI VENTANA VEO NEW JERSEY.
ENTONCES DEBE ESTAR POR ALLÍ, MIRA.
¿LO VES?
¡SÍ! Y SABES UNA COSA...

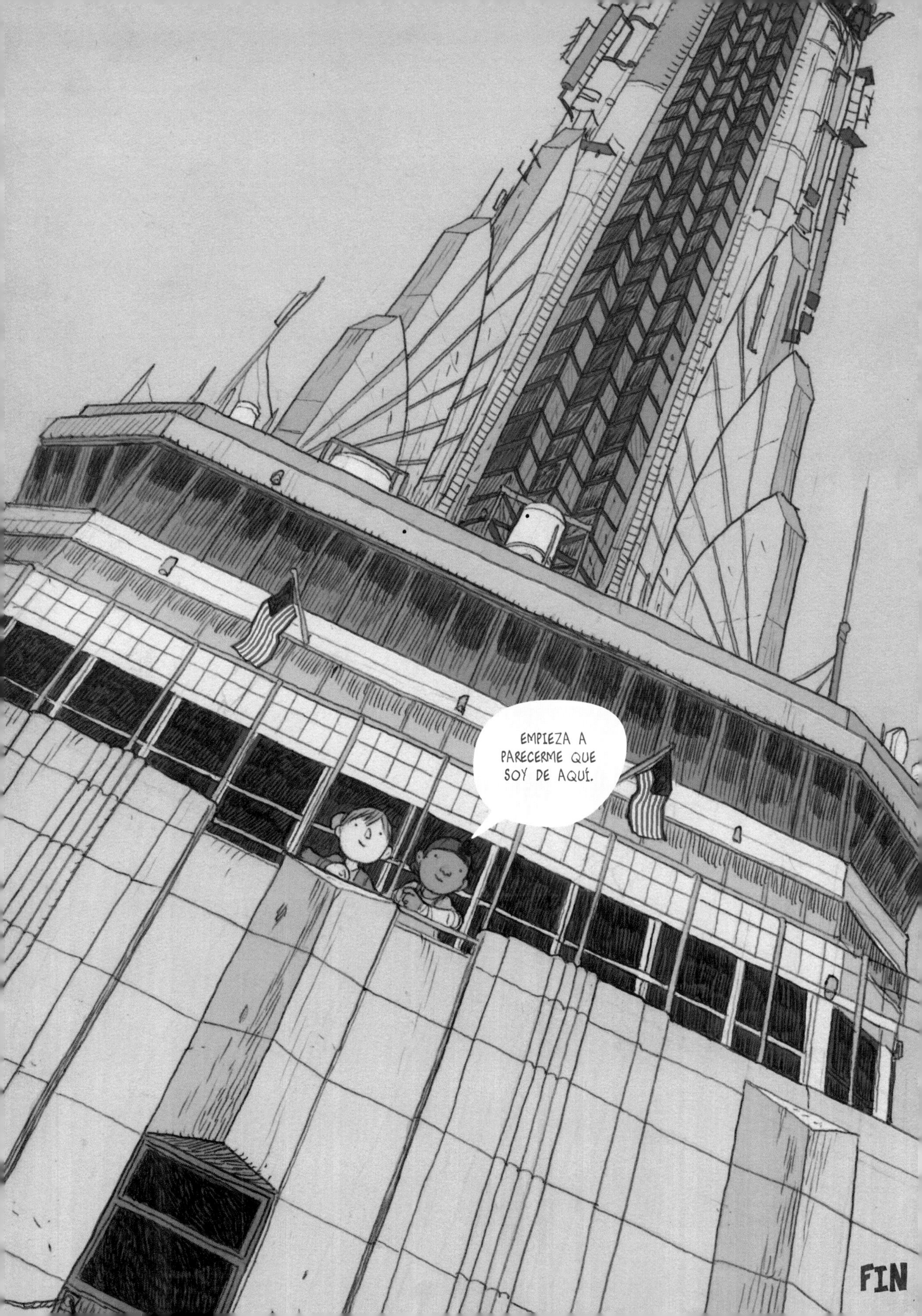
EMPIEZA A PARECERME QUE SOY DE AQUÍ.
FIN

SOBRE LOS AUTORES

NADJA SPIEGELMAN es la autora de la serie de cómics científicos para niños "Zig & Wikki" nominada a los premios Eisner. Nacida en Nueva York, se siente orgullosa de sus conocimientos sobre el metro y de su habilidad para conseguir un asiento o dormir sin perder su parada. Empezó a utilizar el metro cuando sólo tenía 11 años. Su tren favorito es el Q porque recorre el puente sobre el East River que ofrece una hermosa visión del perfil de Manhattan.

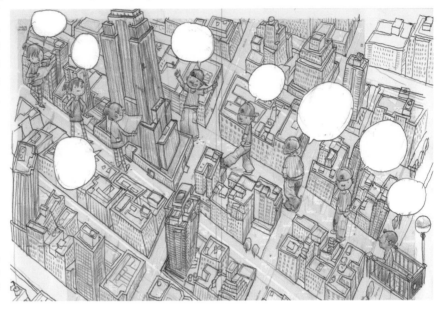

Uno de los muchos bocetos preliminares que realizó el artista.

SERGIO GARCÍA SÁNCHEZ, profesor de cómics en Angoulême, Francia, y en la Universidad de Granada, España, es uno de los dibujantes de cómic experimental más célebres de Europa. Ha publicado más de cuarenta y cinco libros, que han sido traducidos a nueve idiomas. Vive en Granada con su esposa y colaboradora, Lola Moral, que ha coloreado los dibujos de este libro y ha realizado la adaptación al español de esta edición. Tienen dos hijos, Pablo y Alicia.

TRÁS EL TELÓN: SERGIO Y EL POLI

Este es el primer libro de Sergio García en los EE.UU. y se basa en la experiencia de su primer viaje a la ciudad de Nueva York. Rellenó cuaderno tras cuaderno con bocetos y recorrió el metro durante días. Cuando llegó a la estación de la calle 96 fotografió todos aquellos detalles y objetos que le serían útiles para el libro: papeleras, señales de tráfico, semáforos, etc. En cierto momento se dio cuenta que había llamado la atención de un policía y se apresuró a bajar por las escaleras. Una vez en la plataforma siguió haciendo fotos con la cámara de su teléfono móvil, los tornos giratorios, las máquinas expendedoras, los carteles y demás. Al volverse vió que alguien lo miraba a través del visor de la cámara: el policía lo había seguido. Afortunadamente, en ese momento un tren entraba en la estación y Sergio se coló de un salto en el vagón escapando de tal atención. Para celebrar esta aventura, Sergio decidió mostrarse a sí mismo y al policía en cada una de las páginas del libro. ¡Suban al metro y disfruten con ellos de la aventura oculta detrás de cada escena!

LOS COMIENZOS DEL METRO

A finales de 1800, cuando se empezó a hablar de la posibilidad de un metro subterráneo, el sistema de transportes de la ciudad de Nueva York estaba en pleno apogeo. Disponía de trenes, transbordadores y gran cantidad de carruajes, pero carecía de unidad y eficiencia. La mayor parte de las calles de Nueva York estaban muy congestionadas y sin pavimentar. Para aliviar tal saturación, hubo que buscar alternativas fuera de la calle. El primer intento tuvo lugar en 1867, cuando un ingeniero autodidacta llamado Charles T. Harvey construyó la primera línea de tren elevado, apodada "tren de una pata" porque circulaba sobre una única fila de columnas. El servicio de este tren elevado fue suministrado, en un principio por teleféricos, que fueron sustituidos cuatro años más tarde por locomotoras de vapor.

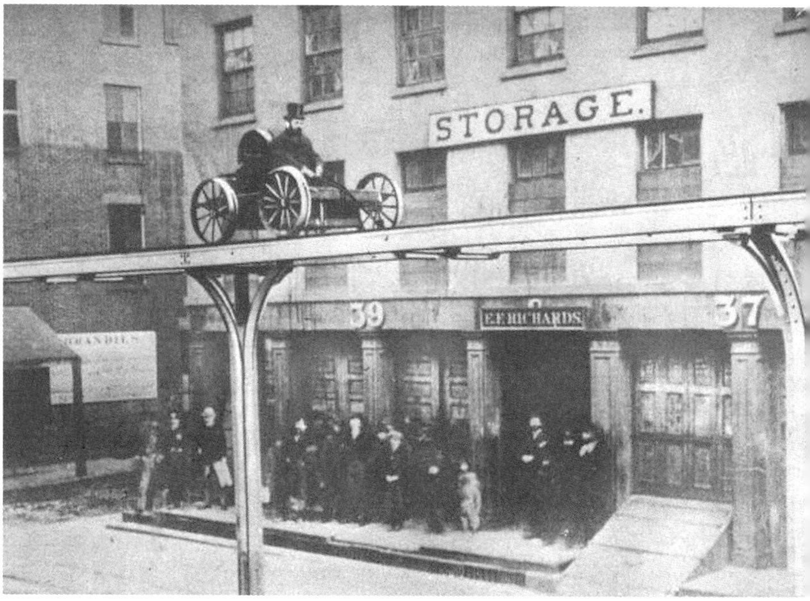
STORAGE.
39
37
Charles Harvey haciendo una prueba de funcionamiento el 7 de Diciembre de 1867.

A pesar de la multiplicación de las líneas de trenes elevados por toda la ciudad, crecía el interés por desarrollar un tren subterráneo más veloz para, por un lado, rivalizar con otras ciudades y por otro ayudar al progreso de las zonas periféricas. La construcción de estas primeras líneas fue agotadora. Cuadrillas de operarios excavaron las líneas de metro a mano. Fue éste un trabajo lento, difícil y peligroso. Para los túneles del Metro de Nueva York se necesitaron ocho mil trabajadores, de los cuales miles sufrieron heridas y algunos murieron.

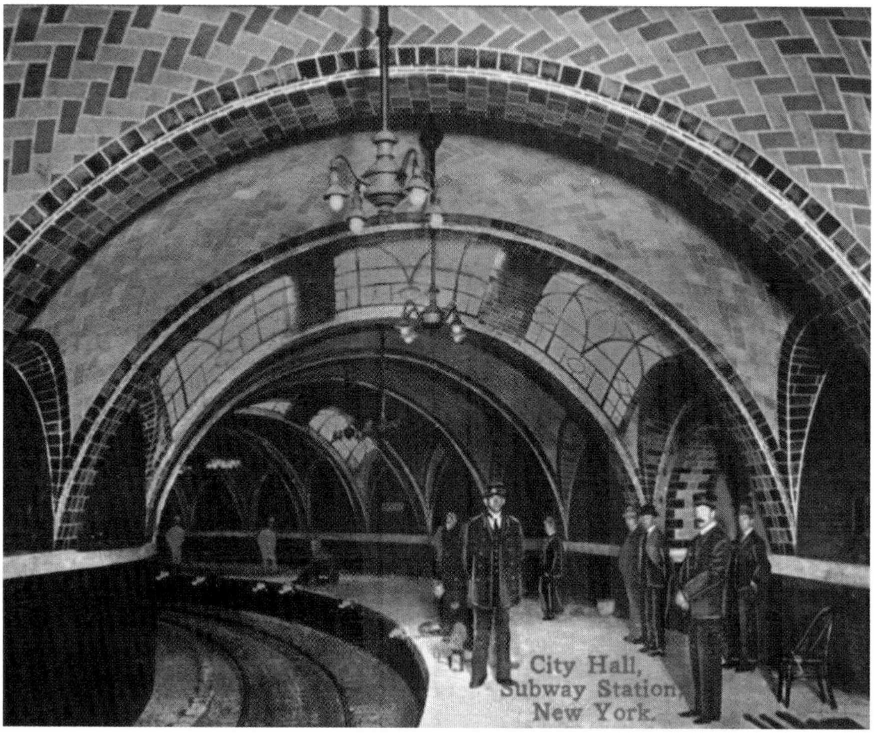
City Hall,
New York.
La estación City Hall ahora abandonada, que fue el centro de las ceremonias de inaguración del Metro en 1904.

La primera línea de metro se inauguró el 27 de Octubre de 1904, ¡casi treinta y cinco años después de la primera línea elevada (y en el mismo sitio de la ciudad)! El día en que se abrió al público la línea del metro, más de cien mil personas hicieron cola para subir a la nueva línea. Los neoyorquinos aplaudieron las distintas innovaciones, especialmente el uso de la energía eléctrica, que ayudó a reducir la contaminación del aire de la ciudad. El diseño del sistema de cuatro vías también fue único, y permitía circular en ambas direcciones y con velocidades adaptadas a los trenes local y expreso. En ese momento, era el transporte público más rápido del mundo. Su eslogán decía: "¡Del Ayuntamiento a Harlem en 15 minutos!"

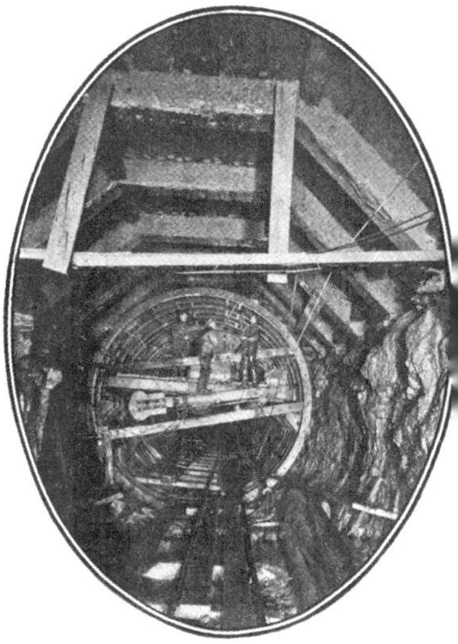
Trabajos de excavación en la roca, entrada al túnel del East River.

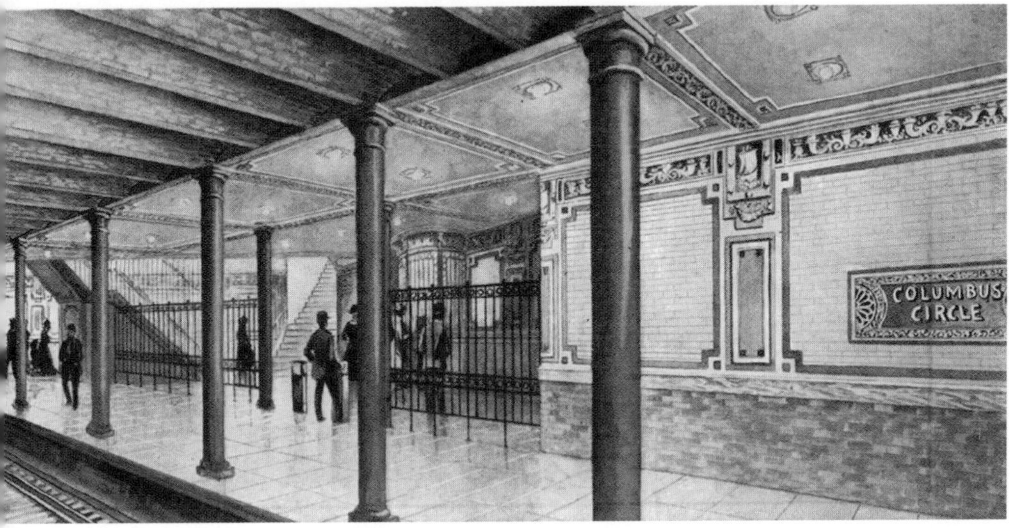
COLUMBUS CIRCLE

Una ilustración de 1903 del nuevo metro, mostrando la disposición y detalles de la arquitectura.

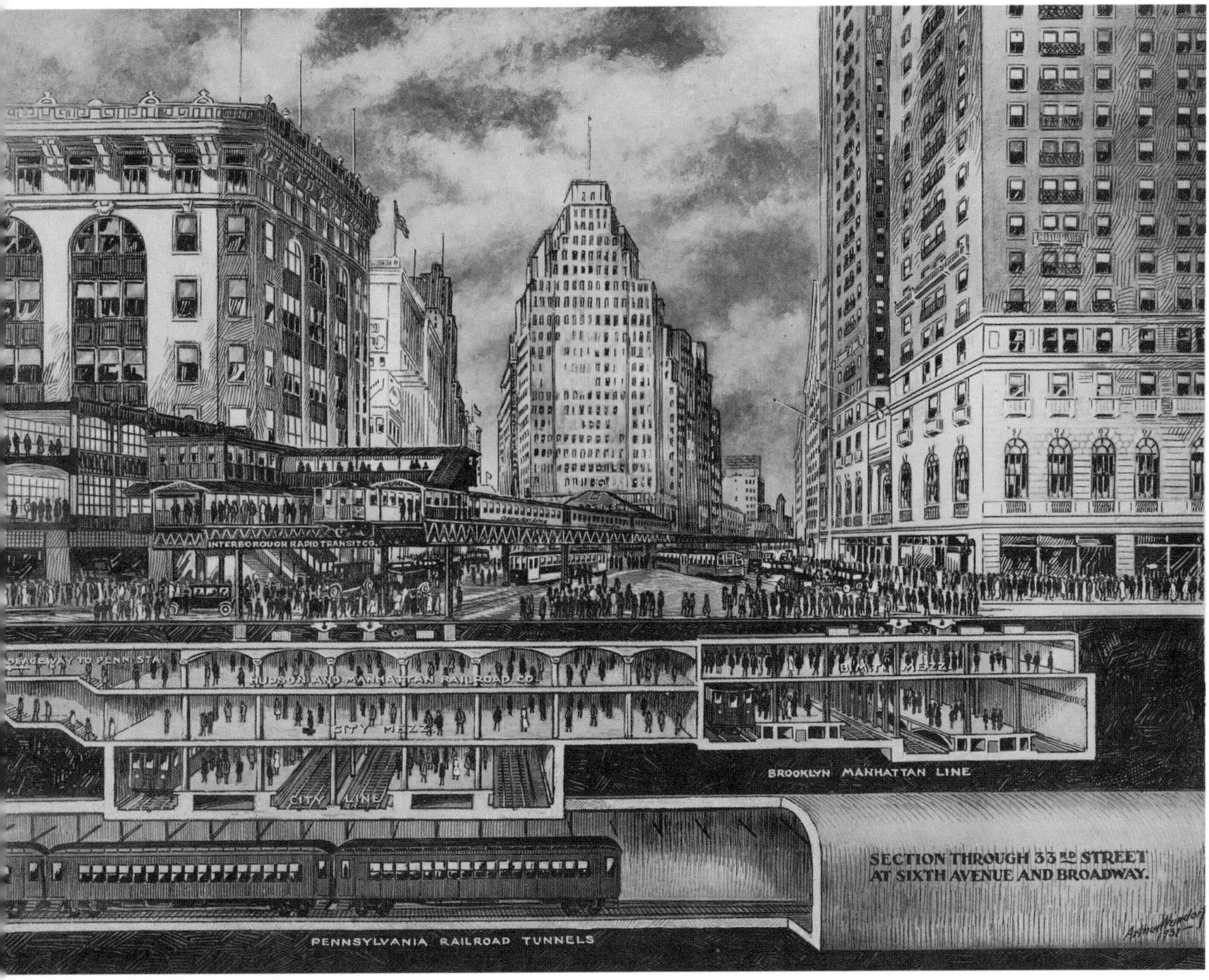
INTERBOROUGH RAPID TRANSIT CO.
HUDSON AND MANHATTAN RAILROAD CO.
CITY MEZZ
CITY LINE
BROOKLYN MANHATTAN LINE
SECTION THROUGH 33RD STREET AT SIXTH AVENUE AND BROADWAY.
PENNSYLVANIA RAILROAD TUNNELS

Corte vertical de la red de metro y elevadores en 1935, en la confluencia de la calle 34 con la 6ª Avenida en Herald Square. El edificio de la izquierda es el de los grandes almacenes Macy's.

COMPETENCIA ENTRE COMPAÑÍAS DE TRANSPORTE

West

Al principio, el sistema de metro fue construido por dos empresas privadas independientes, la IRT (Tránsito Rápido Interurbano) y la BMT (Tránsito Broadway-Manhattan). Esto dio lugar a dos redes de trenes diferentes que no se conectaban entre ellas. Durante la Gran Depresión, en los años 30, las compañías IRT y la BMT fufrieron un duro golpe por la crisis económica. El 1 de Junio de 1940, la ciudad se hizo cargo de estas empresas y empezó una lenta unificación del sistema. Se clausuraron muchas de las líneas elevadas y se crearon nuevos puntos de transferencia que conectaban ambas redes.

En la actualidad, con un sistema de metro unificado, todavía se observan retazos de las compañías que compitieron en su día. Las líneas de trenes que aparecen bajo un numeral pertenecían al sistema IRT. Las líneas J, L, M, N, Q, R, Z pertenecían a la compañía BMT. Las líneas A, B, C, D, E, F, G formaron parte de una tercera compañía dirigida por el mismo Consejo de Transporte de la Ciudad, llamada IND. Los trenes cuyas líneas se identifican por letras (BMT/IND) eran más largas y anchas que aquellas que se identifican con un numeral (IRT), por lo tanto, un tren de la línea A no cabe en un túnel de la línea 6.

EUCLID AVE
EUCLID AVE

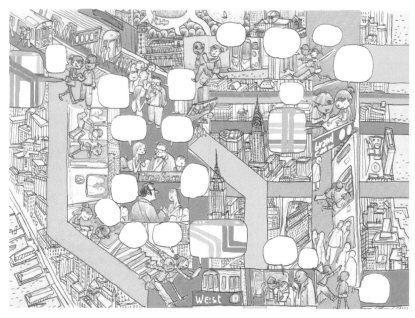

La nueva estación en Euclid Avenue en la línea IND de la calle Fulton, reluciente, justo antes de entrar en servicio en la extensión de la línea. 23 de Noviembre de 1948.

¿POR QUÉ NO EXISTEN TRENES H, I, K, O, P, T, U, V, W Ó Y?

En cuanto a las líneas H, K, T, V y W, existieron en su momento pero se cerraron o combinaron con otras líneas de tren. Las denominaciones de línea se reciclan cuando se crean otras nuevas. Por ejemplo, cuando la línea de la 2ª Avenida se inaugure, se llamará línea T. Las denominaciones I y O se han omitido porque se parecen mucho a 1 y 0, respectivamente. Las letras Y y U se omitieron porque su pronunciación en inglés se parece mucho a "Why" y "You", y la MTA temía que la gente se confundiese. La X es usada como comodín por la MTA para indicar líneas en desarrollo, y por lo tanto no puede dar nombre a una línea real. Y llegamos a la línea P… Aunque se barajó su uso en el pasado, la idea fue abandonada en el último instante. No hay pruebas que lo demuestren, pero es posible que la MTA pensara que un tren llamado P resultaría cómico (P se lee "pee", pipí).

IRT:
1 2 3 4 5 6 7

IND:
A B C D E F G

BMT:
J L M N Q R S Z

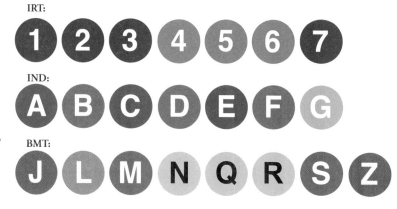

EL METRO HOY

Hoy en día, el sistema de metro de la Ciudad de Nueva York ¡sigue excavando nuevas líneas! Una de las más avanzadas, a punto de finalizar, es la línea de la 2ª Avenida, en obras desde la década de 1920.

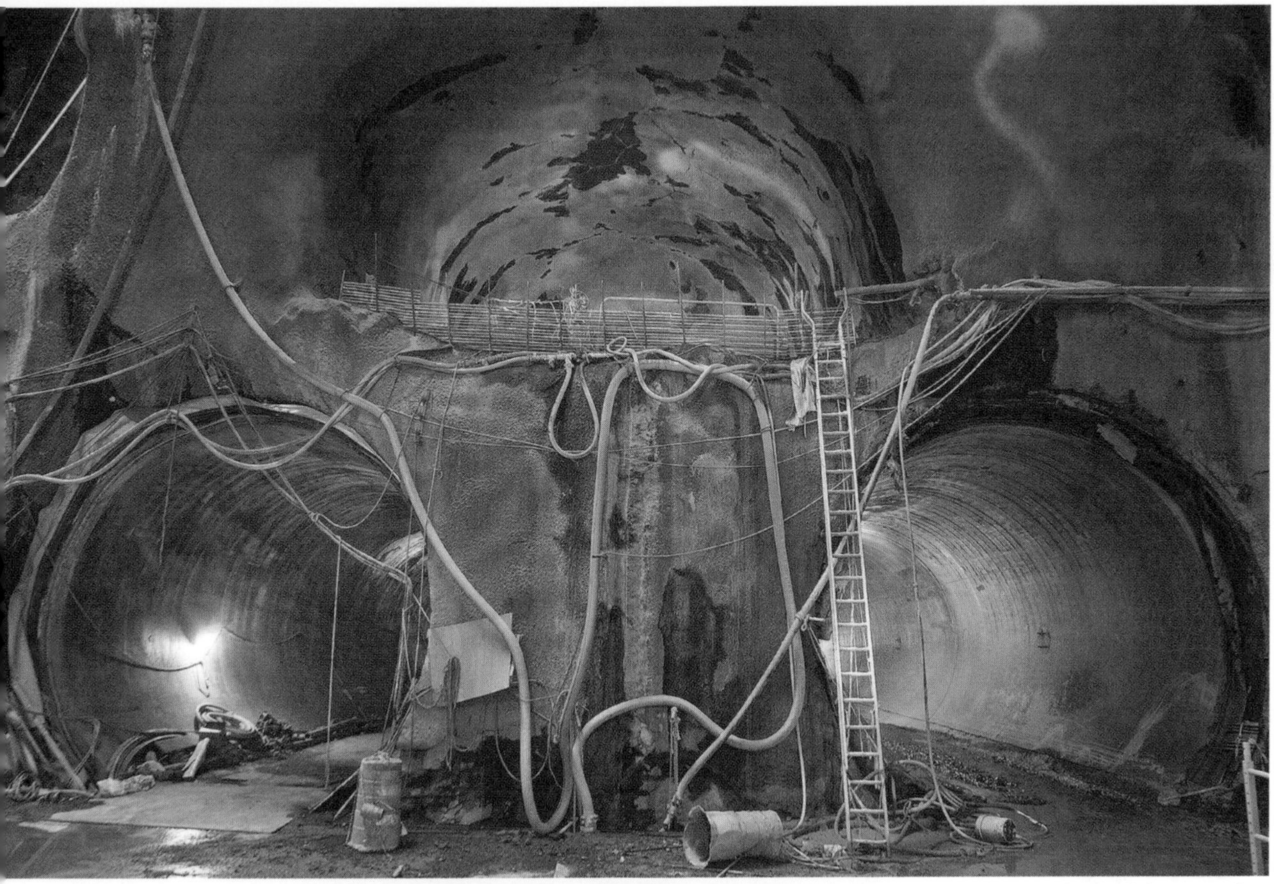

Progreso en el metro de la 2ª Avenida, el 23 de Noviembre de 2013. Esta foto muestra la futura estación de la calle 86.

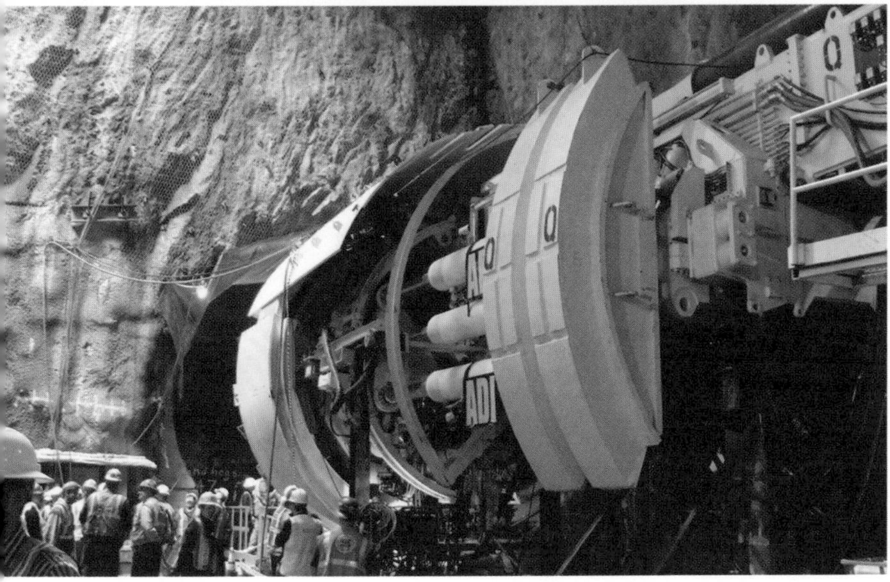

Excavadora de túneles. 14 de Mayo de 2010.

Actualmente, una excavadora de túneles (TBM: Tunnel-Boring Machine) hace gran parte de la excavación más difícil, usando potentes discos y fresadoras que trituran y eliminan desechos tanto de la roca madre como de terrenos blandos. También utiliza muchos soportes para apuntalar con seguridad el túnel a medida que avanza. El único inconveniente es que se mueve con lentitud, con un promedio de treinta y cinco pies al día.

EDIFICIO DEL EMPIRE STATE

Con 1.250 pies, El Edificio del Empire State fue el rascacielos más alto del mundo durante más de 40 años, hasta la construcción del World Trade Center en 1972. En la actualidad, es el segundo más alto de la ciudad de Nueva York tras el One World Trade que alcanza los 1.776 pies.

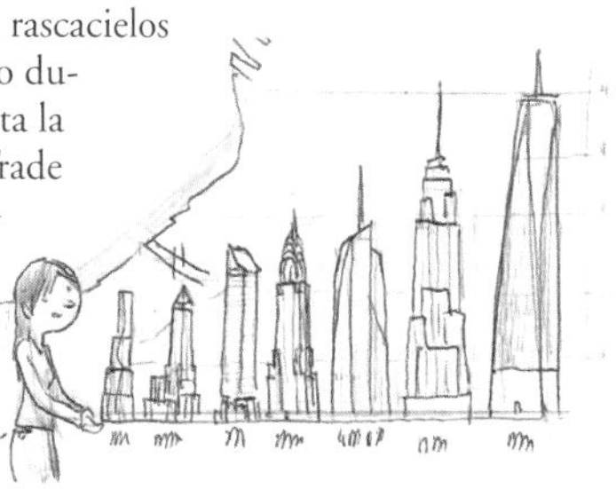

La construcción del Edificio del Empire State comenzó en 1930, y la gran inauguración tuvo lugar el 1 de Mayo de 1931. En esa época, existía una limitación de velocidad para los ascensores: setecientos pies por minuto. Para los rascacielos, sin embargo, esa velocidad era muy baja. Los promotores se arriesgaron e instalaron ascensores que se desplazaban a 1.200 pies por minuto a la espera de que la Junta de Normas y Apelaciones cambiara el reglamento de la velocidad de los ascensores, lo cual sucedió solo seis meses después de la inaguración, ocurrió. Los ascensores, aumentaron su velocidad, ¡convirtiéndose en los primeros ascensores expresos de la ciudad de Nueva York! Los ascensores expresos, al igual que ocurre en el Metro, ignoran ciertas paradas para aligerar el transporte a los miles de personas que suben diariamente a las plantas superiores.

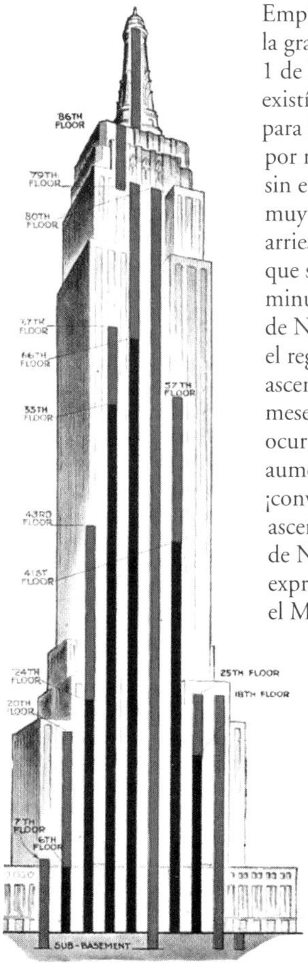
86TH FLOOR
79TH FLOOR
80TH FLOOR
67TH FLOOR
66TH FLOOR
57TH FLOOR
55TH FLOOR
43RD FLOOR
41ST FLOOR
25TH FLOOR
18TH FLOOR
24TH FLOOR
20TH FLOOR
7TH FLOOR
6TH FLOOR
SUB-BASEMENT

Extraído de "Elevadores Robot para atender 85.000 personas en el edificio más grande" (Popular Science Monthly, 1931). Los ascensores expresos están marcados en negro; los ascensores locales en rojo.

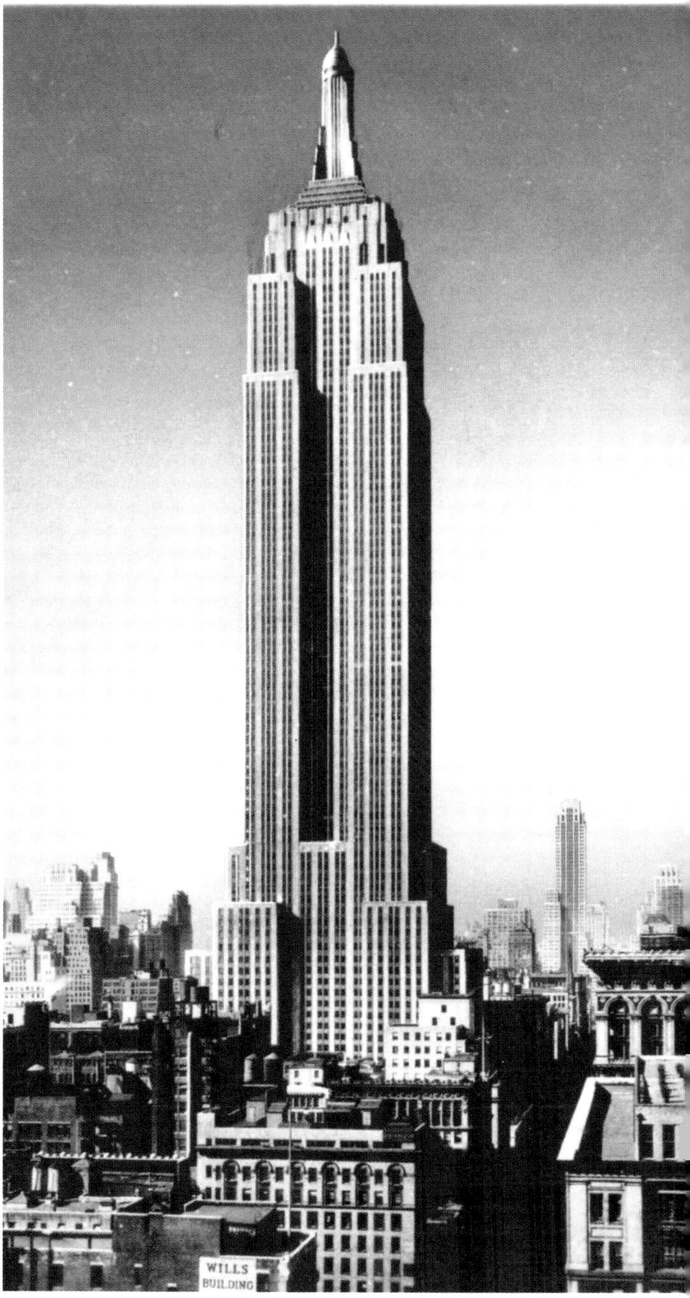
WILLS BUILDING

1948. Postal turística del Edificio del Empire State.

LECTURAS Y RECURSOS ADICIONALES.

La historia de la ciudad de Nueva York y del Sistema de Metro de la ciudad de Nueva York son complejos y fascinantes! Si te ha gustado esta visión general, aquí tienes una lista de otros libros y páginas web que puedes disfrutar:

THE CITY BENEATH US: BUILDING THE NEW YORK SUBWAY; New York Transit Authority with Vivian Heller. W.W. Norton, 2004. *Historia oficial del sisitema de Metro, con fotografías. (En inglés) Edad 10+*

SUBWAYS: THE TRACKS THAT BUILT NEW YORK CITY; Lorraine B. Diehl. Clarkson Potter, 2004. *Una lectura fácil, la historia instructiva del sistema de Metro de Nueva York. (En inglés) Edad 12+*

THE SUBWAY AND THE CITY: CELEBRATING A CENTURY; Stan Fischler with John Henderson. Frank Merriwell, 2004. *Un gran libro con un montón de historias e imágenes. (En inglés) Edad 14+*

NEW YORK UNDERGROUND: THE ANATOMY OF A CITY; Julia Solis. Routledge, 2004. *Una excitante visión de los túneles, trenes, laberintos y secretos debajo de la ciudad de Nueva York. (En inglés) Edad 12+*

THE HISTORICAL ATLAS OF NEW YORK CITY: A VISUAL CELEBRATION OF 400 YEARS OF NEW YORK CITY'S HISTORY; Eric Homberger. Owl Books, 2005. *Un libro de referencia completo que contiene mapas, fotos y dibujos. (En inglés) Edad 12+*

Online Resources:

WWW.MTA.INFO *La web oficial de la Autoridad Metropolitana de Transporte, que supervisa el las líneas de Metro, los trenes, y autobuses de la ciudad de Nueva York.*

WWW.NYCSUBWAY.ORG *Un sitio web dedicado a la historia del sistema de Metro, que incluye fotos, mapas y documentos.*

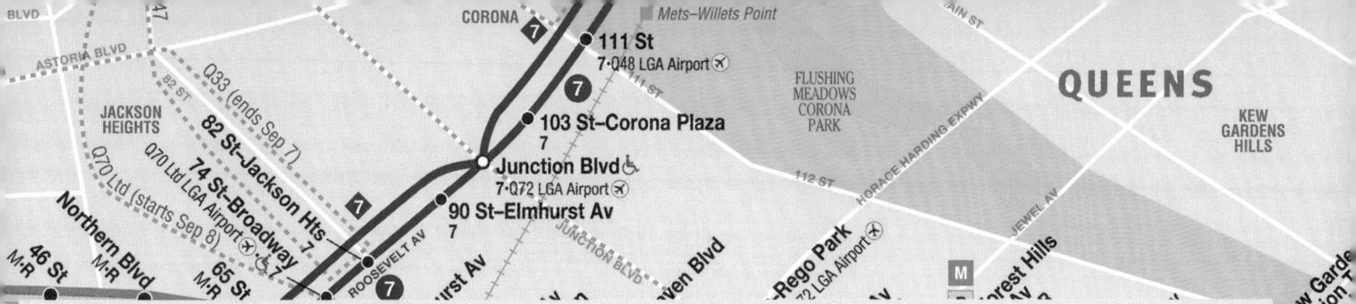
CORONA
Mets–Willets Point
111 St
7·Q48 LGA Airport
QUEENS
JACKSON HEIGHTS
FLUSHING MEADOWS CORONA PARK
KEW GARDENS HILLS
103 St–Corona Plaza
Junction Blvd
7·Q72 LGA Airport
90 St–Elmhurst Av
82 St–Jackson Hts
74 St–Broadway
Q33 (ends Sep 7)
Q70 Ltd (starts Sep 8)
Q70 Ltd LGA Airport
Northern Blvd
46 St
65 St
ROOSEVELT AV
HORACE HARDING EXPWY
JEWEL AV
JUNCTION BLVD

Consejos para Padres, profesores y bibliotecarios:

TOON GRAPHICS PARA LECTORES VISUALES

TOON Graphics es una colección de cómics y narrativas visuales que potencian el texto de forma que captan la imaginación de los jóvenes lectores y les invita a leer y seguir leyendo. Cuando los autores son, además, artistas, pueden transmitir su visión creativa a través de las imágenes y las palabras mejorando la visión general y haciendo hincapié en detalles que son asimilados por el lector junto con el texto. Los lectores noveles también desarrollan su sentido estético cuando experimentan la relación del texto con la imagen con todo su poder de comunicación.

La lectura de TOON Graphics es un placer para todos. Los lectores principiantes y experimentados agudizarán su comprensión lectora tanto literal como a través de la deducción.

Deje que las imágenes cuenten la historia.

La naturaleza propia de los cómics necesita del poder de imaginación del lector. A menudo, en los cómics, las imágenes insinúan más que narran, por ello, los lectores deben aprender a conectar entre sí distintos hechos para completar la narración ayudando, de este modo, a potenciar su capacidad de observación y de construir "mapas visuales".

Un libro de cómics aporta a los lectores una mayor información visual que puede ser utilizada para descubrir el por qué de las decisiones de los personajes.

Preste atención a las decisiones del artista.

Estudien con detenimiento la obra y comprobarán que ofrece una segunda lectura que en un primer momento sólo se percibe de forma subliminal y que alienta a la relectura. Genera una sensación de continuidad de la acción y nos habla sobre arte, arquitectura y vestuario de un período concreto. Puede representar la atmósfera, el paisaje, y la flora y fauna de otro tiempo o de cualquier otra parte del mundo. TOON Graphics también puede ofrecer diferentes puntos de vista y situaciones simultáneas, algo que la narración gráfica lineal no puede. Las expresiones faciales y el lenguaje corporal revelan aspectos sutiles del carácter de los personajes más allá de lo que se puede expresar con palabras.

¡Leer y releer!

Los lectores pueden comparar los estilos de los artistas de cómics, y valorar cómo diferentes autores consiguen sus objetivos usando distintas vías. Cuando el joven lector estudia las decisiones que ha tomado el autor, empieza a entender cómo las formas literarias y artísticas se pueden usar para transmitir sus ideas.

El mundo de TOON Graphics y del arte de los cómics book es rico y variado. Encontrar el sentido de la lectura con la ayuda de elementos visuales puede ser la mejor manera de convertirse en un lector para toda la vida. Aquel que sabe leer por placer y para adquirir conocimiento es un lector que ama la lectura.

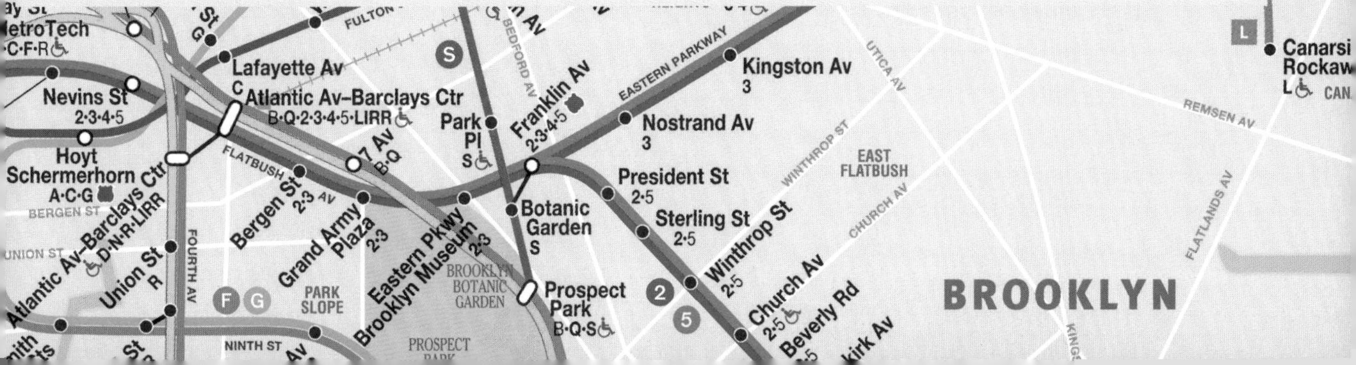
MetroTech
Lafayette Av
Nevins St
2·3·4·5
Atlantic Av–Barclays Ctr
B·Q·2·3·4·5·LIRR
Hoyt Schermerhorn
A·C·G
Park Pl
Franklin Av
Kingston Av
Nostrand Av
EASTERN PARKWAY
President St
Botanic Garden
Sterling St
Bergen St
Grand Army Plaza
Eastern Pkwy Brooklyn Museum
Winthrop St
Prospect Park
B·Q·S
Church Av
Beverly Rd
Union St
PARK SLOPE
BROOKLYN BOTANIC GARDEN
EAST FLATBUSH
BROOKLYN
Canarsie Rockaway
FULTON
FLATBUSH
BEDFORD AV
UTICA AV
REMSEN AV
FLATLANDS AV
CHURCH AV
FOURTH AV
NINTH ST
UNION ST
BERGEN ST

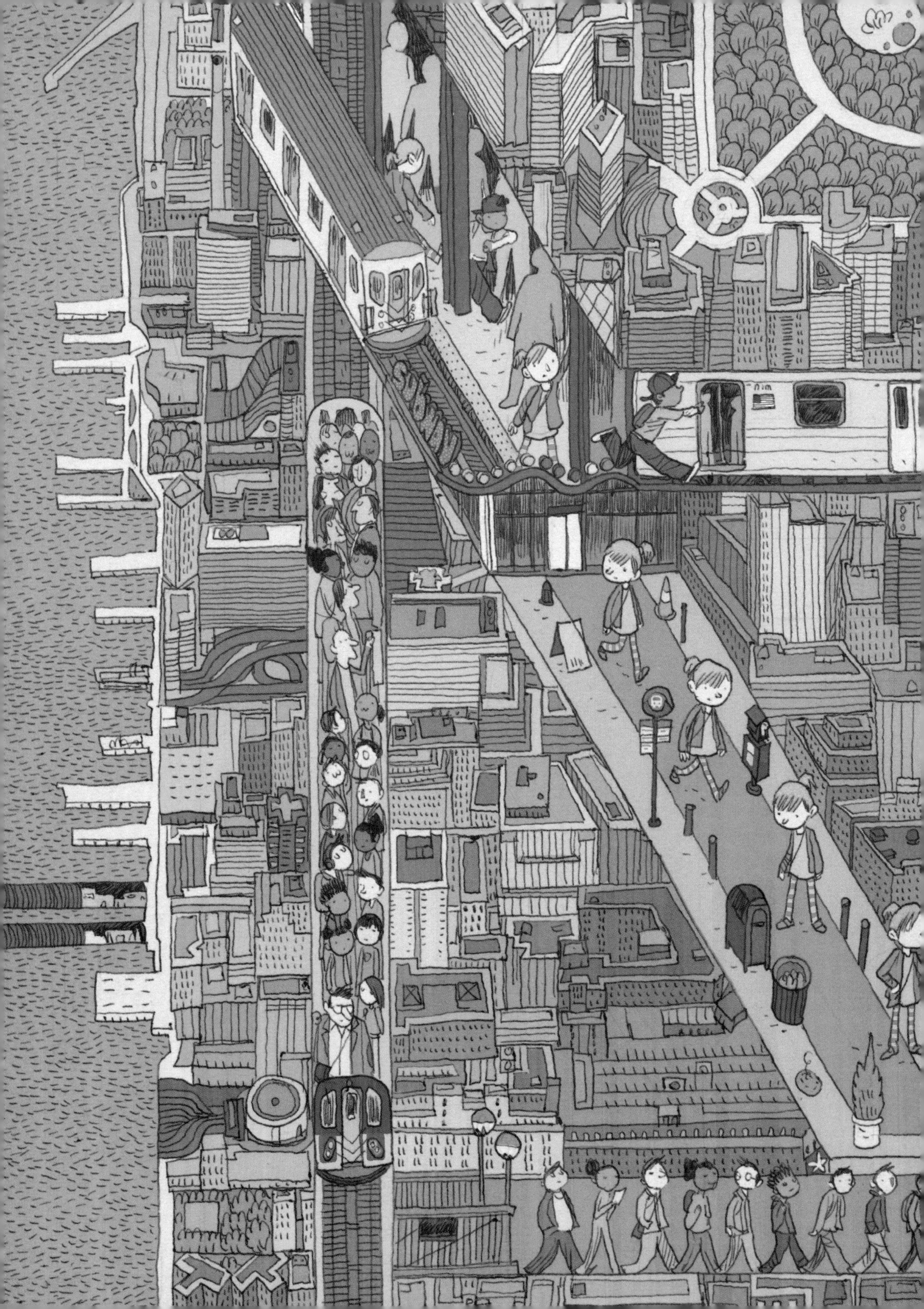